dtv

Reihe Hanser

GARY PAULSEN

HARRIS UND ICH

Von Mörderschweinen, der Kuh Vivian, Ernie dem Hahn und ... und ... und

Aus dem Englischen von
Ulli und Herbert Günther

dtv

Ausführliche Informationen über
unsere Autoren und Bücher
www.dtv.de

MIX
Papier aus verantwortungsvollen Quellen
FSC® C014496
FSC www.fsc.org

2020 dtv Verlagsgesellschaft mbH & Co. KG,
München

Titel der Originalausgabe: ›Harris and Me.
A Summer Remembered‹
(Harcourt, Inc., USA)

Published by special arrangement of
Houghton Mifflin Harcourt Publishing Company.
Umschlag: Peter Schössow
Satz: Fotosatz Amann, Memmingen
Gesetzt aus der Berling 11,5/15˙
Druck und Bindung: GGP Media GmbH, Pößneck
Printed in Germany · ISBN 978-3-423-64065-7

1. KAPITEL

In dem ich Harris begegne und zum ersten Mal seinen überraschenden Ideen ausgesetzt bin

Ich wäre Harris nie begegnet, hätte es nicht die Unmengen an Bier und Whisky gegeben. Wenn ich mich an meine Kindheit erinnere, so sehe ich fast immer eine offene Flasche Bier auf dem Tisch stehen. Meine Eltern waren Trinker. Whisky tranken sie gewohnheitsmäßig aus Marmeladengläsern, und zwar pur, ohne Eis oder Wasser.

Sie waren folglich die meiste Zeit scheintot – obwohl die Bezeichnung scheintot an einen Zustand der Ruhe denken lässt, den es für meine Eltern gar nicht gab. Sie machten jeweils drei Phasen der Trunkenheit durch: angesäuselt (gut gelaunt), betrunken (hinterhältig wie Schlangen) und schließlich total weggetreten (Whiskykoma).

Der angesäuselte oder gut gelaunte Zustand hielt leider nur kurz an und wurde mit der Zeit immer kürzer, bis sie sich, auch wenn sie bei Verstand waren, überhaupt nur noch gemein benahmen.

Am Ende wurde mein Zuhause unzumutbar für mich, und so kam es, dass ich immer wieder längere Zeit bei Verwandten verbrachte.

Ich hatte bereits bei mehreren Onkeln gewohnt, bei meiner Großmutter sowie bei einem alten norwegischen Farmer, einem Junggesellen, der überzeugt war, Gott wohne auf dem Heuboden in seinem Viehstall, und bevor er dorthin ging, stülpte er sich aus Angst immer erst einen Futtersack über den Kopf. Durch Futtersäcke könne Gott nicht hindurchsehen, erklärte er mir, und wen Gott nicht sehen könne, der werde nie sterben.

Ich hatte viele Onkel und weit entfernte Verwandte, und als ich elf war, kam ich durch eine Art Rotationsverfahren zu Harris und seiner Familie.

Der Sheriff schickte einen Stellvertreter, um mich abzuholen, und am späten Nachmittag brachen wir zur Farm der Larsons auf. Sie lag fünfundsechzig Kilometer nördlich der Stadt, in der ich wohnte, doch ebenso gut hätte sie auf einem anderen Planeten sein können. Die Fahrt dauerte ungefähr eineinhalb Stunden, aber es ging durch so unterschiedliche Gegenden, dass ich schon nach acht Kilometern in leichte Panik geriet. Während der ersten fünf, sechs Kilometer kamen wir an Farmland vorüber, das immerhin noch einigermaßen besiedelt wirkte. Hier und da wurde mit Traktoren auf den Feldern gearbeitet, und am Straßenrand gingen fröhlich winkende Menschen. Aber bald rückten die Bäume näher an die Straße heran, wurden immer dichter, bis sie zu beiden Seiten eine Wand bildeten und die Straße samt Wagen in einen Vorhang aus grüner Dunkelheit gehüllt war. Auch gab es keine offenen Felder oder Zufahrtswege mehr, nur noch schmale Schotterstraßen, die sich in Wald und Gestrüpp verloren. Es war, als wollten wir über den Rand der Welt hinausfahren in Gegenden, bei denen auf den alten Karten der frühen Forschungsreisenden immer stand: Hier gibt es Ungeheuer.

Der Hilfssheriff spuckte ständig aus dem Seitenfenster und pries zwischendurch die Vorzüge des Wagens – es war ein 1949er Ford.

»Das is 'n 8-Zylinder«, sagte er. »Gibt mächtig was her, der 8-Zylinder.« *Pffft.* »Bei 'ner heißen Verfolgungsjagd brauchst du ordentlich Feuer in der Kiste, wenn du 'n Kriminellen fangen willst.« *Pffft.*

»Musst das Ding voll aufdrehen könn', wenn's zu so 'ner heißen Verfolgungsjagd kommt.« *Pffffft.*

Der Wald nahm kein Ende. Dicht und schwarzgrün wucherte das Gestrüpp bis an den Rand des Asphalts. Ab und zu streckten die Bäume ihre Kronen sogar über die Straße hinweg und bildeten einen grünen Tunnel. Ich hielt Ausschau nach irgendwelchen Anzeichen von Leben.

»Und hier wohnen Menschen?«, sagte ich endlich.

»Klar.« *Pffft.* »So zwei-, dreihundert, verstreut in der Gegend. Nicht direkt an der Straße natürlich.«

Die Straße wurde noch schmaler, noch mehr vom Wald bedrängt, und als sie vor dem Auto schließlich kaum mehr zu erkennen war und es so aussah, als müssten wir nun zwischen die Bäume eintauchen, bog der Hilfssheriff links auf einen Schotterweg ab – besser gesagt, auf zwei Furchen –, und der Wagen machte einen Hüpfer.

Auf diesem Rumpelweg fuhren wir etliche Kilometer, vielleicht elf oder zwölf, und dann, als das Auto zum zweiten Mal scheinbar keinen Weg mehr unter den Rädern hatte, bog der Hilfssheriff wieder links ab. Die Spur wurde noch schmaler, und ich dachte, wir würden nun ganz bestimmt in den Furchen stecken bleiben, aber plötzlich kamen wir aus dem Wald heraus, und vor uns lag eine große Fläche gerodeten Landes.

»Die Larson-Farm«, sagte der Hilfssheriff.

Die freie Fläche musste an die eineinhalb Hektar groß sein. Sie war mit Mais und niedrig wachsendem Getreide bebaut, das dicht und gleichmäßig stand. An der einen Seite der rechteckigen Fläche, direkt am Rand, gab es einen Zufahrtsweg von einem knappen Kilometer Länge, und den fuhren wir nun entlang.

Inzwischen konnte ich kaum noch stillsitzen. Obwohl die Larsons irgendwie entfernt mit mir verwandt waren, hatte ich sie erst ein Mal getroffen, und das lag vier Jahre zurück – ich war gerade mal sieben gewesen. Seitdem war viel passiert. Fast drei Jahre hatte ich auf den Philippinen gelebt, wo mein Vater stationiert war, und ich konnte mich kaum mehr erinnern, wie die Larsons aussahen oder wie sie waren. Es gab vier von ihnen, so viel wusste ich noch: Knute, eine Art Onkel zweiten Grades, seine Frau Clair, durch ihre Heirat mit Knute meine Tante zweiten Grades, dann ihre Tochter Glennis, die vierzehn war, und mein Vetter Harris, neun Jahre.

Während wir die Zufahrt entlangrollten, überlegte ich, wie ich mich verhalten sollte. Ich hatte solche Situationen schon oft erlebt, war schon oft an einen fremden Ort gebracht worden, und ich hatte eine Methode entwickelt, die immer funktionierte. Ich tat, als wäre ich schüchtern. Eigentlich war das nur zum Teil vorgetäuscht, denn Unbekannten gegenüber war ich immer zurückhaltend, was oft als Misstrauen ausgelegt wurde. Aber Schüchternheit hatte mir gute Dienste erwiesen, und als wir uns nun dem Haus und den Farmgebäuden näherten, zog ich mich mehr und mehr in mein Schneckenhaus zurück.

Sie mussten mit uns gerechnet haben, denn als

der Hilfssheriff den Ford über den Zufahrtsweg steuerte und wir auf den Hof bogen, standen sie schon alle da, einer neben dem anderen, und warteten.

Der Hilfssheriff hievte sein Gewicht aus dem Wagen, wobei er sich ächzend am oberen Türrand festhielt, und bedeutete mir, ebenfalls auszusteigen.

Ich zögerte – die Schüchternheit stellte sich vollends ein –, aber mir wurde schnell klar, dass ich mich lächerlich machen würde, wenn ich im Wagen sitzen bliebe. Ich stieg also aus, blieb aber vorerst abwartend neben der Tür stehen.

»So, da ist er«, sagte der Hilfssheriff. »Kann sein, wir sind 'n bisschen zu früh …«

Seine Stimme verklang suchend in einer halben Frage, was überhaupt keinen Sinn ergab. Da lächelte meine Tante Clair, wischte sich die Hände an der Schürze ab – eine Geste, die sie, wie ich später herausfand, immer dann machte, wenn sie nervös war oder nachdachte – und sagte: »Macht nichts, Orlo. Ich hab Rhabarberkuchen gebacken, und er ist gerade fertig. Ihr kommt also nicht zu früh.«

Der Hilfssheriff lächelte, nickte und wandte sich mir und dem Wagen zu. »Steh nicht so rum. Hol deinen Pappkarton und komm.«

Ich rührte mich immer noch nicht vom Fleck, aber Glennis, Harris' Schwester, die temperamentvoll war und übers ganze Gesicht strahlte, kam angelaufen, angelte meine Pappschachtel vom Rücksitz und ging damit zielstrebig zum Haus. Es war gut gemeint, brachte mich aber in eine problematische Situation, denn in dieser Pappschachtel bewahrte ich meine privaten Habseligkeiten auf. Das wäre noch nicht weiter schlimm gewesen, nur gehörte zu meinen Privatsachen auch eine Sammlung »Künstlerfotos«, die ich in Manila auf den Philippinen für siebzig Centavos einem Mann auf der Straße abgekauft hatte.

In besseren Kreisen wären die Fotos als künstlerisch-anatomische Studien durchgegangen, aber der Mann, der sie mir verkauft hatte, hatte sie »smussige Bilder« genannt, was der Sache wahrscheinlich näher kam.

Ich sah sie mir gern an – Kunst interessierte mich schließlich, und außerdem war ich in einem Alter, in dem die Hormone anscheinend jeden wachen Moment beherrschten –, doch war ich ziemlich sicher, dass weder Glennis noch ihre Mutter viel von den Bildern halten würde. Meine Nervosität steigerte sich durch den Umstand, dass der Hilfssheriff noch hier war, denn ich hatte irgendwo aufgeschnappt, dass die Fotos illegal seien. Die Vorstellung, ich könnte hier wegen des Besitzes von »smussigen Bildern« vor allen Anwesenden verhaftet werden, siegte über meine Schüchternheit, und mit einem Satz war ich neben Glennis und schnappte mir den Pappkarton.

Harris hatte die ganze Zeit nur dagestanden, beobachtend, Hände auf dem Rücken. Ich hatte ihn erst gar nicht richtig angesehen, doch als ich nun vorsprang, um Glennis meine Schachtel abzunehmen, und als die Erwachsenen langsam auf das Haus zugingen, war Harris auf einmal neben mir.

Er sah Glennis ähnlich. Das Haar blond – von der Sonne fast weiß gebleicht –, das Gesicht sonnenverbrannt, rot, mit sich schälender Haut auf der Nase und mit Sommersprossen gesprenkelt wie mit braunem Pfeffer, dazu gleichmäßige weiße Zähne, bei Harris nur mit dem Unterschied, dass vorn zwei fehlten. Er trug geflickte Latzhosen. Kein Hemd, keine Schuhe, nur Sommersprossen und diese Latzhosen, die so groß waren, dass es aussah, als könnte er sich glatt darin verstecken.

»Hi.«

Er ging neben mir her, die Hände immer noch auf dem Rücken. Später sollte ich herausfinden, dass diese Haltung bei Harris immer gefährlich sein konnte und darauf hindeutete, dass er etwas verbarg. Aber damals wusste ich das noch nicht, deshalb nickte ich. »Hi.«

»Wir haben gehört, dass deine Eltern Säufer sind, stimmt das?«

»Harris!« Auf meiner anderen Seite ging Glennis, ihre Stimme klang empört. »So was sagt man nicht! Das ist unhöflich!«

»Du kannst mich mal, du alte Kuh! Du bist noch nicht erwachsen, und deshalb hast du mir überhaupt nichts vorzuschreiben. Wie soll ich denn verdammt noch mal was rauskriegen, wenn ich nicht frage?«

Glennis war ein stämmiges Mädchen. Hinter meinem Rücken holte sie aus und verpasste Harris eine Ohrfeige, dass seine Zähne klapperten.

»Pass auf, was du redest, und lass deine Flucherei sein! Ich sag 's nämlich Pa, und dann kriegst du eine Abreibung!«

Aber Harris beachtete sie nicht weiter – später wurde mir klar, dass Schläge von Glennis ein alltäglicher Bestandteil seines Lebens waren –, sondern fragte mich noch einmal: »Also, stimmt das?«

Ich nickte. »Sie trinken zu viel, ja.«

»Sehen sie irgendwelche Sachen?«

»Wie meinst du das?«

»Ich meine, so ähnlich wie der alte Knutson in der Stadt. Der ist immer besoffen und macht sich in die Hosen und erzählt die ganze Zeit, dass er Jesus in einem Pfirsichbaum sieht.« Er schnaubte verächtlich. »Ha! Hier gibt's im Umkreis von tausend Kilometern keinen einzigen Pfirsichbaum – wie kann er da Jesus sehen? Wenn Jesus überhaupt so dämlich wär', in einem Pfirsichbaum zu erscheinen. So was meine ich. Also? Sehen deine Leute solche Sachen?«

Ich schüttelte den Kopf. »Sie streiten rum und kotzen.«

»Phh, das ist doch gar nichts. Ich kotze die ganze Zeit. Einmal hatte ich Keuchhusten, und da habe ich drei, vier Tage lang grün gekotzt. Grün wie Gras ...«

Wir waren unterdessen weitergegangen und standen nun auf der Veranda. Das Haus war alt und hätte einen neuen Anstrich nötig gehabt, aber es war sauber und wirkte innen gut gepflegt, irgendwie wohnlich. An der Wand unter dem Verandadach waren Geweihe angenagelt, und quer über den Geweihstangen lag eine alte Schrotflinte. Neben der Tür stand eine Reihe von Gummistiefeln.

Glennis öffnete die Tür. »Geradeaus, dann die Treppe rauf.«

Ich trat durch die Tür in einen kleinen Flur mit einer Treppe am hinteren Ende und stieg in ein unausgebautes Dachgeschoss hinauf, das durch eine Holzwand in zwei große Räume unterteilt war. Draußen wurde es allmählich Abend und dunkel, und drinnen konnte man kaum mehr etwas sehen. Elektrizität schien es nicht zu geben.

»Ich schlafe hier vorn«, sagte Glennis und zeigte

auf den Raum gleich an der Treppe. »Du bist mit Harris hinten.«

Sie öffnete die Zwischentür, und ich ging mit meiner Pappschachtel in den zweiten Raum. Durch ein Mansardenfenster fiel ein wenig Licht herein, trotzdem wirkte der Raum düster und unfertig. Die Balken lagen zwei mal vier Zentimeter frei, die Dachlatten waren sichtbar und ebenso die Spitzen der Nägel, mit denen die Schindeln befestigt waren. Der Fußboden bestand aus rohen, mit Holznägeln befestigten Brettern.

Das Mansardenfenster war in der Mitte, und unter beiden Dachschrägen stand je ein kleines Bett mit Eisengestell. Auf jedem lag eine Matratze, ein Kissen und eine Decke aus bunten Flicken.

»Das Linke ist deins.« Harris deutete mit dem Kinn. »Ich schlafe zurzeit rechts.«

»Zurzeit?«

»Ich bin mal hier und mal da ...«

»Du wechselst die Betten?«

»Nur wenn's fällig ist.«

»Fällig?«

Er sah mich prüfend an, die Hände immer noch auf dem Rücken, dann schüttelte er den Kopf. »Du kannst Schafmist nicht von Apfelmus unterscheiden, was? Es liegt an meinen Innereien! Die Innereien von Kindern sind wie die von Schafen. Wenn ein Schaf zu lange auf der einen Seite schläft, verrutscht alles in seinem Bauch, und wenn es aufstehen will, fällt es sofort wieder um. Ich schlafe immer mit dem Gesicht zum Fenster, falls mal ein Feuer ausbricht oder so, und wenn ich das Gefühl hab, meine Innereien könnten bald verrutschen, wechsle ich ganz einfach die Betten und schlafe auf der anderen Seite. Verstehst du?«

Ich stellte meinen Pappkarton auf das linke Bett und setzte mich. »Ich glaube, ja. Sag Bescheid, wenn wir tauschen ...«

Die Matratze raschelte, als ich mich setzte, und ich drückte mit der Hand darauf. »Die macht ja ein komisches Geräusch.«

»Sind getrocknete Maisschalen drin. Vom letzten Jahr. Sie werden langsam alt, deshalb sinkt man nicht mehr richtig ein. Du solltest sie mal hören, wenn sie frisch sind – da machen sie solchen Lärm, dass man nicht schlafen kann.«

Ein Motor wurde angelassen, und als ich aus dem Fenster schaute, sah ich gerade noch den Hilfssheriff vom Hof fahren und über den Zufahrtsweg davonholpern. Obwohl ich das schon oft durchgemacht hatte, fühlte ich mich plötzlich verloren, allein, und ich beugte mich vor, um den Wagen verschwinden zu sehen.

»Schau mal!«

Harris war herangekommen und hielt etwas in der Hand. Ich wandte mich vom Fenster ab und blickte auf das Ding in seiner Hand – es sah aus wie ein grüner glitschiger Ball mit Beinen und Augen. »Was ist das?«

»Ein Frosch.«

Er legte ihn in meine Hand, und ich spürte, dass er noch lebte. Die Beine zappelten. »Was ist mit ihm passiert?«

»Ich hab ihm einen Strohhalm in den Hintern gesteckt und ihn aufgeblasen.«

»Warum?«

»Damit er nicht tauchen kann. Man setzt ihn in den Wassertank drüben beim Stall, dann treibt er auf der Wasseroberfläche und kommt nicht runter.« Er grinste. »Später zeig ich dir, wie man das macht. Du darfst nämlich nicht zu fest blasen, sonst platzt er, und die ganze Soße spritzt dir ins Gesicht. Mir ist das mal passiert, und danach hab ich eine halbe Stunde gebraucht, bis ich die ganzen Froschinnereien aus den Haaren hatte.«

Ich legte den Frosch auf den Sims des Mansardenfensters, wo er mit zuckenden Vorderbeinen langsam hin und her rollte, und in diesem Augenblick sah ich die Rücklichter des Hilfssheriffs draußen auf dem Zufahrtsweg verschwinden.

2. KAPITEL

In dem ich Farmer werde und Vivian kennenlerne

Ich träumte: Ziellos schossen Blitze durch mein Hirn. Es ging irgendwie um einen Fisch, der Fisch wurde von einem Blitz getroffen und verwandelte sich in ein Mädchen mit einem Fisch in der Hand, es lächelte mir zu und machte eine einladende Geste mit dem Fisch, aber dann klopfte es.

Es klopfte, ruckelte, schüttelte ...

Und schon war ich wach.

Im Raum war es absolut finster, kohlrabenschwarz, und ich konnte mich sekundenlang nicht erinnern, wo ich war. Allmählich konnte ich in dem schwachen Lichtschimmer vor dem Fenster die Wände erkennen, das Bett und die Gestalt von Harris, der vor mir stand.

»Los, wach auf!«

Ich schaute zum Fenster. »Es ist noch Nacht.«

»Egal, die Erwachsenen husten schon seit einer Viertelstunde rum. Heb deinen Hintern von der Matratze, sonst frisst uns Louie alle Pfannkuchen weg.«

»Louie?« Harris hatte sich zu seinem Bett umgedreht, fuhr mit einem Satz in seine Latzhose und hakte die Träger zu. Wie am Tag zuvor war diese Hose sein einziges Kleidungsstück. »Wer ist Louie?«

»Louie eben. Ein alter Knacker, der hier wohnt und arbeitet. Du hättest ihn schon gestern Abend kennengelernt, aber er ist mit dem Traktor zur Kneipe in der Stadt gefahren. Ist erst nachts zurückgekommen.«

Jetzt fiel mir der gestrige Abend wieder ein. Ich hatte einen Teller zu essen bekommen, weil die Larsons schon zu Abend gegessen hatten, und ohne viel zu denken oder zu sagen, hatte ich im zischenden Licht einer von der Decke hängenden Petroleumlaterne in meinem Essen gestochert, während Glennis und Clair an der Spüle und vor dem Herd herumwirtschafteten. Danach war es dunkel, und wir waren zu Bett gegangen. Ich hatte mich noch eine Weile hin und her gewälzt, aber schließlich war ich eingeschlafen, und jetzt erinnerte ich mich, dass ich einmal von lautem Motorengeräusch kurz aufgewacht war. Ein Lichtschein war am Fenster vorbeigehuscht, dann war wieder alles dunkel und still gewesen.

Harris kam an mein Bett und zog die Decke weg. »Aufstehen!«

Damit verschwand er aus der Tür, und ich hörte

das Klatschen seiner nackten Fußsohlen auf der Treppe.

Ich versuchte, die Augen zu schließen und weiterzuschlafen. Vor dem Fenster war es noch immer dunkel, und alles in mir sehnte sich nach Schlaf, verlangte nach Schlaf. Aber ich spürte noch etwas anderes – Hunger. Viel hatte ich am Abend zuvor nicht gegessen. Und außerdem plagte mich die Neugier, wer oder was Louie war, und so drehte ich mich aus dem Bett und stellte die Füße auf den Boden. In meine Jeans zu fahren, ein T-Shirt überzuziehen und meine Tennisschuhe zuzuschnüren war eine Sache von wenigen Augenblicken. Dann machte ich mich auf den Weg die Treppe hinunter, wobei ich zur Orientierung ständig mit einer Hand an der Wand entlangtastete. Als ich in die Küche kam, war der Esstisch schon gedeckt, und alle waren zum Frühstücken bereit.

Wie am Abend zuvor kam der einzige Lichtschein von der Petroleumlampe, die an einem Draht von der Decke hing. Sie seufzte und blubberte vor sich hin und warf einen matten Lichtschein auf den Tisch.

Glennis und Clair standen vor dem mit Holz befeuerten Herd und wendeten Pfannkuchen. Knute und Harris saßen am Tisch. Knute trank Kaffee aus einem Becher, den er mit einer Hand umschlungen hielt, eine Hand, so groß, dass sie glatt Schatten hätte spenden können. Er starrte mit einem glasigen Früh-Morgen-Blick auf die Tischplatte. Harris saß kerzengerade und mit leicht bebendem Körper da, eine Gabel in der Hand, den Blick wie gebannt auf eine leere Stelle auf dem Tisch geheftet.

An der Stirnseite des Tisches saß ein alter Mann in einem Wollmantel – obwohl Sommer war und der Holzherd in der Küche zusätzliche Hitze ausstrahlte –, ein Mann, so unvorstellbar schmutzig, dass sich auf seinem Gesicht und Hals kaum eine Hautstelle erkennen ließ, die nicht dreckig oder schmierig war. Er hatte einen verfilzten Bart, der von Dreckkrümeln und Sägmehl, Spucke und Tabaksaft verklebt war, und außerdem von Zeug, das wie getrockneter Dung aussah (was sich später als richtig herausstellte). All das um zwei stechend blaue Augen und einen zahnlosen Mund herum.

Louie.

In der Stadt hatte ich schon Penner mit gepflegterem Äußeren gesehen, und ich bemühte mich, ihn nicht anzustarren, während ich zum Tisch ging. Keiner sagte etwas zu mir, sie nickten nur und beobachteten gespannt die werdenden Pfannkuchen auf dem Herd. Louie nahm sich eine Metallkanne mit Sirup und goss sich daraus eine üppige halbzentimetertiefe Pfütze auf seinen leeren Teller. Dann richtete er sich kerzengerade auf wie Harris und starrte, die Gabel in der Hand, auf den leeren Fleck auf der Tischplatte.

Zwei Stühle waren unbesetzt, und ich blieb einen Augenblick unschlüssig stehen, bis Glennis mir mit einer Handbewegung einen Platz anwies.

»Setz dich. Da hin, neben Harris.«

Ich schob mich neben Harris und nahm an, dass der andere Stuhl entweder für Glennis oder Clair sei. Es spielte aber keine Rolle, weil sich keine der beiden setzte, und ich habe, solange ich dort war, auch nie gesehen, dass sie beim Essen mit am Tisch saßen. Immer stand Clair über den Herd gebeugt und kochte, und Glennis trug das Essen auf. Sie mussten natürlich irgendwann essen, aber nie habe ich gesehen, dass sie sich zum Essen an den Tisch setzten.

Harris kümmerte sich nicht um mich, saß einfach da mit seiner Gabel in der Hand und starrte immerzu auf den Tisch, sodass ich schon dachte, er befinde sich vielleicht in einer Art Trancezustand oder war noch nicht richtig wach. Vielleicht schlafwandelte er. Der Himmel weiß, ich hatte selber Probleme, die Augen offen zu halten. Es gab nirgendwo eine Uhr, aber meinem Gefühl nach konnte es nicht viel später als Mitternacht sein, und ich dachte mir, bei dem Tempo, in dem hier alles ablief, würde ich gegen zehn Uhr morgens wieder zu Bett gehen müssen.

Plötzlich fiel mir auf, dass sich Harris neben mir noch mehr anspannte, und da sah ich Glennis mit einem Stapel Pfannkuchen zum Tisch kommen. Sie sahen köstlich aus, dampfend heiß und locker, und das Wasser lief mir im Mund zusammen.

Ich sollte keinen der Pfannkuchen abbekommen.

Noch ehe der Teller richtig auf dem Tisch stand, schnellte Louies Arm wie eine attackierende Schlange vor und spießte die Gabel in den Pfannkuchenberg.

Gleichzeitig machte auch Harris einen Versuch und stach zu, aber er lag meilenweit zurück.

Zwei ganze Stapel wanderten auf Louies Teller. Sieben oder acht Stück platschten jeweils in die Siruplache, erhielten, solange Louie noch eine dicke Schicht Sirup drüber verteilte, eine kurze Schonfrist und verschwanden dann. Mit Ausnahme von gewissen Haiarten, die sich um die Beute streiten, habe ich nie ein Wesen so essen sehen wie Louie. Die Pfannkuchen wurden im Ganzen verschlungen. Er spießte sie geschickt in der Mitte auf, machte eine halbe Drehung mit der Gabel, stopfte sie in seinen zahnlosen Mund und fing mit den Lippen wie mit einem Gummiwischer den überschüssigen Sirup auf, der danach in seinen Bart und teilweise wieder auf seinen Teller tropfte. Auf wundersame Art öffnete er dann den Schlund und schluckte hinunter – alles ohne zu kauen und ohne zu ersticken.

In Sekundenschnelle war der ganze Stoß Pfannkuchen vertilgt, und während Louie der Sirup aus dem Bart auf Hemd und Hose rann, saß er schon wieder mit der Gabel in der Hand bereit.

»Mist!«, zischte Harris, lehnte sich seufzend zurück, schüttelte die Schultern, um seine verkrampften Muskeln zu lockern, und bereitete sich auf die nächste Ladung vor.

Knute rührte sich nicht, hatte noch immer die Hand um seinen Kaffeebecher gewölbt, und ich starrte mit aufrichtiger Bewunderung zu Louie hinüber. Er war wie ein Automat, der dazu da war, sich selbst in Gang zu halten. Kein Wort, keine unnötige Bewegung, nur zuschlagen und schlingen.

Mit dem nächsten Stapel war es genauso, nur dass Harris diesmal einen Fetzen von einem Pfannkuchen ergattern konnte, einen ramponierten Rest, auf den er Sirup goss und den er andächtig aß und lange kaute.

Louie vertilgte auch den dritten Stapel – bis dahin mindestens zwanzig Pfannkuchen –, aber er wurde langsamer, und als der vierte Stoß kam, zögerte er kurz. Damit hatte Harris gerechnet, er stach tief in die Pfannkuchen hinein, nagelte sie fest, beförderte sie auf seinen Teller, und ich glaubte, ein tiefes Knurren in seiner Kehle gehört zu haben. Louie schien sich nichts daraus zu machen und rülpste laut – ein derartiger Rülpser bewirkt in einem vollen Zimmer, dass die Leute abrücken. Danach setzte er sich gerade hin und wartete auf die nächste Lieferung.

»Harris, du gibst ihm jetzt was ab!«

»Aber, Ma ...«

Glennis kam vom Herd herüber, beugte sich über den Tisch, versetzte Harris einen Klaps mit dem Handrücken, und ich hörte ihre Finger so hart auf seine Stirn krachen, dass sein Kopf zurückflog.

Er gab mir einen Pfannkuchen.

»Mehr!«, sagte Glennis. »Die Hälfte.« Sie hob die Hand, er zuckte zurück und gehorchte, riss aber vom letzten Pfannkuchen mit der Gabel ein Stück ab, sodass ich nicht ganz die Hälfte seines Stapels bekam. Es war mir egal. Inzwischen war ich froh, überhaupt einen Bissen zu bekommen. Ich träufelte Sirup aus der Kanne auf meine Pfannkuchen – Harris hatte sie vor mir erwischt und fast ausgeleert – und aß schweigend.

Knute hatte sich immer noch nicht bewegt, außer um seinen Arm zu heben und Kaffee zu trinken. Glennis füllte seinen Becher zweimal nach, während wir aßen, und er leerte ihn beide Male, ohne ein Wort zu sagen.

»Komm«, sagte Harris. »Wir müssen die Kühe reinbringen.«

Er war mit Essen fertig und schob seinen Stuhl zurück. Ich hatte noch die Hälfte meiner Pfannkuchen auf dem Teller.

»Lass ihn«, sagte Glennis. »Er kann noch nicht so schnell essen.«

Harris sagte nichts mehr, aber er zog und zupfte dauernd an meinem T-Shirt. »Komm endlich ...«, flüsterte er.

Ich aß, so schnell ich konnte – in mir wuchs der Neid auf Louies Esstechnik –, und folgte schließlich, immer noch kauend, Harris aus der Tür.

In rabenschwarzes Dunkel. Ich hatte vergessen, dass es noch nicht hell war, und ehe ich mich versah, war ich über den Rand der Veranda gestolpert und in den Hof gestürzt.

»Ach du Schande! Kannst du nicht mal richtig laufen?« Harris half mir auf die Beine und verschwand in der Dunkelheit in Richtung Stall.

Der Weg erwies sich als Hindernisstrecke. Ich fiel über ein auf dem Boden liegendes Brett, machte einen Salto über das Hoftor, stieß gegen eine Scheunenwand, rannte mit voller Wucht in einen Traktor und erreichte den Stall überhaupt nur, weil Harris Mitleid mit mir hatte und mich irgendwann an die Hand nahm.

Ich verstand nicht, was »die Kühe reinbringen« bedeutete. Oder warum wir sie überhaupt irgendwo »drinnen« haben wollten. Längst fluchte ich ausgiebig und warf mit Wörtern um mich, die ich von den Soldaten auf den Philippinen gelernt hatte, und es war mir scheißegal (wie ich das vor mir selbst ausdrückte), ob ich je eine Kuh sehen würde oder nicht – und im Übrigen konnte mir auch Harris gestohlen bleiben.

Er führte mich durch den dunklen Stall – der Gestank nach Mist haute mich fast um –, ging aus dem hinteren Tor wieder ins Freie, wo er stehen blieb, zur Seite trat und anscheinend mit etwas herumfummelte. Papiergeraschel, wieder Stille und dann ein aufflackerndes Licht, als er ein Streichholz anriss und eine selbst gedrehte Zigarette anzündete. Er nahm einen tiefen Zug, inhalierte und blies den Rauch aus.

»Ein Mann raucht nach dem Essen gern eine gute Zigarette. Willst du auch eine?«

Im Schein der Zigarettenglut hielt er mir einen Stoffbeutel hin. Bull Durham Tabak und Blättchen aus Weizenstroh.

Selber gedreht hatte ich noch nie, nur ein Mal hatte ich versucht, eine der Filterzigaretten meiner Mutter zu rauchen (Marke Old Golds) – ohne zu inhalieren allerdings. Aber das wollte ich vor Harris nicht zugeben.

»Klar, gib mir eine.«

Er musste vier Streichhölzer anreißen, um mir genug Licht zu verschaffen, aber endlich gelang mir eine Selbstgedrehte, ein jämmerliches klumpiges Ding, das auseinanderzufallen drohte. Mit der Flamme des vierten Streichholzes gab er mir Feuer, und um mich nicht übertrumpfen zu lassen, machte ich einen tiefen Zug, wie er es getan hatte, und inhalierte.

Die Wirkung war prompt und explosiv. Der Rauch befand sich auf halbem Weg in meinen Magen, da musste ich würgen und keuchen und verlor in einem einzigen Augenblick sämtliche Pfannkuchen, die ich gegessen hatte. Der Schwall ergoss sich beinahe über Harris.

Er sprang zurück. »Du kannst aber auch gar nichts, was?«

An der Stallrückseite war der Boden von Urin und Kuhfladen aufgeweicht. In diesen Matsch ließ ich die Zigarette fallen und lehnte mich spuckend und hustend gegen die Stallmauer.

Harris holte die Zigarette zurück, knipste das brennende Ende ab und bröselte den restlichen Tabak wieder in den Beutel. »Ist nicht so leicht dranzukommen. Ich musste ihn von Louie klauen, und der hat Augen wie ein Habicht. Komm jetzt, wir holen die Kühe.«

Er lief wieder davon in die Dunkelheit, barfuß mitten durch den aufgeweichten Mist, und ich lief, ohne nachzudenken, hinter ihm her. Nach zwei Schritten steckte ich bis über den Rand meiner Tennisschuhe im Dreck. Ich machte einen Satz rückwärts – Kuhscheiße bis zu den Knien – und wollte um die matschigen Fladen herumgehen. Harris war längst in der Dunkelheit verschwunden, und ich beeilte mich, ihn einzuholen, obwohl ich noch immer alle fünf Sekunden trocken würgen musste.

Inzwischen war im Osten ein schwacher grauer Lichtschimmer zu sehen, und als ich um die Kuhfladen herum war, erkannte ich vor mir den Umriss einer Gestalt.

»Wart einen Moment. Ich weiß nicht, wo ...«

Ich bekam einen Schlag in den Unterleib, und zwar mit solcher Wucht, dass ich den Boden unter den Füßen verlor und mich überschlug. Im Sturz griff ich nach der Stelle, wo mich der Schlag getroffen hatte, und spürte undeutlich, dass ich mich jeden Moment wieder übergeben müsse. Da traf mich etwas am Kopf, und meine Welt versank in einer Explosion aus weißem Licht.

3. KAPITEL

In dem Harris mich in die Arbeit einführt und ich Ernie kennenlerne

Die Stimmen schienen von weit herzukommen, gedämpft und hohl.

»Er kennt sich noch nicht aus, Harris, du musst Geduld mit ihm haben.«

»Wie soll ich denn, verdammt noch mal, ahnen, dass er glatt in Vivians Hintern reinlatscht?«

Klatsch. »Hör auf zu fluchen!«

»Was stellt er sich vor? Jeder weiß doch, dass Vivian tritt und ausschlägt und dass sie's nicht mag, wenn jemand hinter ihr rumläuft ...«

»Das ist es ja, Harris – er weiß es eben nicht. Er ist aus der Stadt.« Jetzt erkannte ich die Stimme, obwohl ich die Augen noch nicht geöffnet hatte. Es war Clair. »Er weiß nichts über das Leben auf der Farm, der arme Junge. Ein schöner Anfang, gleich am ersten Tag von Vivian getreten zu werden!«

In meinem Kopf ging immer noch alles durcheinander. Jemand namens Vivian hatte mich anscheinend getreten. Derb getreten. Ich machte mir eine Notiz im Hinterkopf, dieser Vivian nie wieder über den Weg zu laufen. Wer immer sie sein mochte, mit ihr war nicht gut Kirschen essen. Sonderbar nur, dass sie sich bei Dunkelheit neben einem matschigen Kuhfladen hinter dem Stall versteckte und Leuten auflauerte, um sie windelweich zu prügeln ...

Ich schlug die Augen auf.

Ich lag rücklings auf dem Tisch in der kleinen Essecke neben der Küche, und auf meinem Kopf war etwas nasses Weißes. Ich konnte kaum etwas erkennen.

»Seht ihr?«, sagte Harris. »Er ist gar nicht tot. Er rührt sich doch, schaut euch das an. Himmel, Arsch und Zwirn, eine Mordsaufregung wegen nix!«

Klatsch.

»Wenn du nicht zu fluchen aufhörst, kriegst du welche mit der Rute!« Glennis' Stimme.

Ich hob eine Hand und fühlte ein feuchtes Tuch auf Stirn und Gesicht. In diesem Augenblick wurde das Tuch weggenommen, und ich sah in die Gesichter von Clair und Glennis. Harris stand bei meinen Füßen. Alle außer ihm machten besorgte Gesichter, und ich versuchte zu lächeln.

»Alles in Ordnung mit dir?«, fragte Clair.

»Es tut weh.« Ich fuhr über meine Stirn, an der offenbar eine Beule von der Größe einer Grapefruit war.

»Ja, ich weiß. Vivian hat dich getreten. Es tut immer weh, wenn man von Vivian getreten wird.«

»Wer ist Vivian? Und warum mag sie mich nicht?«

Clair lächelte. »Vivian ist eine Kuh, Liebes. Und sie mag niemanden. Ich glaube, sie würde sich selber treten, wenn sie wüsste, wie sie das anstellen könnte.«

»Warum tritt niemand sie zurück?«

Harris schnaubte. »Hab ich mal versucht, und da hat sie mich, verdammt noch mal, fast umgebracht ...«

Klatsch.

»... Stimmt doch! Ich sag bloß, was passiert ist. Du brauchst mich nicht wegen jeder verdammten Kleinigkeit zu schlagen.«

Klatsch. »Es geht ums Fluchen, mein Lieber. Du musst endlich damit aufhören.«

Harris wandte sich an mich. »Bist du so weit, dass du mit der Faulenzerei Schluss machen kannst? Wir verplempern den Tag.«

Ich wollte mich aufsetzen, aber Clair hielt mich fest. »Noch nicht. Vivian hat dich direkt am Kopf getroffen. Du musst dich erst eine Weile schonen. Ich hol dir ein Stück Kuchen und ein Glas Milch, dann sehen wir weiter.«

In Wirklichkeit schmerzte mein Kopf nicht so stark wie mein Unterleib, aber das konnte ich schlecht sagen, deshalb nickte ich nur. »Danke ...«

»Was, du gibst ihm Kuchen? Wegen so 'ner Kleinigkeit?« Harris schüttelte den Kopf. »Himmel, Arsch und Zwirn, ich hab mir mal das Bein gebrochen, und *mir* hat kein Mensch Kuchen gebracht! Ich geh sofort raus und lass mich den ganzen Tag von dem Miststück treten, wenn du mir dafür Kuchen gibst!«

Bei den letzten Worten wurde seine Tonlage immer schriller, weil Clair, die nun anscheinend endgültig genug hatte, Harris schnappte, über die Arbeitsplatte zog und mit einer eisernen Schöpfkelle sein Hinterteil bearbeitete. Er heulte und jammerte ein bisschen, aber selbst ich wusste, dass er nur Theater machte.

Sobald Clair ihn losließ, rannte er ins Freie. Ich setzte mich auf, widerstand dabei dem Drang, nach meiner Leistengegend zu fassen, und aß schweigend meinen Kuchen, dessen köstlicher Geschmack den Schmerz fast vertrieb.

»Du spielst heute schön vorsichtig, hörst du?«, sagte Clair zu mir, während sie und Glennis mit Eimern in der Hand zur Tür gingen. »Lass dich von Harris nicht zu wilden Sachen überreden.«

»Bestimmt nicht, nein.«

Der Witz war, dass ich das ernst meinte. Ich wollte mich wirklich in Acht nehmen und alles langsam machen, doch kaum waren sie aus dem Haus, kam Harris herein, baute sich neben mir auf und hampelte ungeduldig herum.

»Los, komm. Wir haben eine Menge zu tun.«

Ich wischte mir den Milchbart von der Oberlippe und folgte ihm hinaus, neugierig auf die Farm. Immerhin hatte ich sie noch nicht bei Tageslicht gesehen und hatte keine Ahnung, was es hier alles gab.

Harris ging voran in Richtung Stall, wo jetzt gemolken wurde. Der Stall war ungefähr fünfzig Meter vom Haus entfernt und bestand aus grob behauenen Baumstämmen mit einem Schrägdach aus Wellblech. Rechts auf dem Weg zum Stall war eine Scheune aus Bretterwänden und im Anschluss daran der Hühnerstall. Davor, in einem eingezäunten Areal, tummelten sich junge weiße Hühner, Hunderte, wie es schien. Andere Hühner liefen frei im Hof herum, fünfzig oder so, und pickten und scharrten im Gras. Mehrere Dutzend Küken folgten verschiedenen Hennen und ahmten dabei ihre Mütter nach. Die frei laufenden Hühner waren unterschiedlich rot und schwarz mit weißen Sprenkeln, und manche hatten komische Federn auf dem Kopf, die wie Pompons aussahen.

Hinter dem Hühnergehege standen verschiedene Maschinen in einer Reihe. Manche davon hatte ich noch nie gesehen – Mähmaschine, Egge, Sämaschine, Kultivator –, aber den Traktor kannte ich, es war ein alter grüner John Deere, und dann gab es da noch einen verbeulten Truck mit dem Ford-Logo auf dem

Kühlergrill, der einen ziemlich müden Eindruck machte. Daneben lagen Einzelteile von alten Geräten herum, Maschinenarme ragten in die Luft, zwei alte Fahrräder standen da, vielleicht waren es auch drei oder vier, das ließ sich schwer erkennen, Rollen von verrostendem Maschendraht, Stahlrohre, Teile von alten Autos – es war der reinste Schrottplatz.

An den Stall auf der anderen Seite des Hofes grenzten holzumzäunte Schweinepferche, in denen scheinbar lebende Felsbrocken herumlagen – enorme Schweine, die aussahen, als könnten sie, wenn sie wollten, jederzeit durch die schwachen Bretterzäune brechen. Gerade wollte ich Harris fragen, was die Schweine eigentlich freiwillig im Pferch halte, da blieb er abrupt stehen.

»O nein ...«

Ich war dicht hinter ihm gegangen und lief nun direkt in ihn hinein. Er warf einen prüfenden Blick über den Hof und die Gegend um den Hühnerstall, er schaute zum Scheunendach zu unserer Rechten und blinzelte angestrengt zwischen und unter die Maschinenteile.

»Was ist denn?«, fragte ich.

»Ich kann ihn nicht sehen.«

Inzwischen hatte ich begriffen, dass Harris so gut wie unverwundbar war, nichts schien ihm etwas anhaben zu können. Aber jetzt wirkte er deutlich beunruhigt, und ich spürte, dass mich seine Unsicherheit ansteckte. Meine Nackenhaare richteten sich auf. »Wen kannst du nicht sehen?«

»Ernie. Ich sehe Ernie nicht. Es ist nie gut, wenn man Ernie nicht sieht.«

»Wer« – ich sah mich hastig um – »ist Ernie?«

Aber Harris hörte nicht zu. Er ließ ununterbrochen seine Blicke über den Hof wandern und trabte dabei in Richtung Stall, und zwar so schnell, dass ich fast rennen musste, um dicht hinter ihm zu bleiben.

»Blöd, dass ich nicht dran gedacht habe. Das kommt natürlich nur, weil du hier bist und weil du der alten Vivian ins Hinterteil rennen musstest und einen kleinen Stoß abbekommen hast und weil ich deshalb vergessen habe, auf ... ACHTUNG!«

Er hatte sich umgedreht und schaute über meine Schulter nach hinten, und seine Augen wurden groß. Ich fuhr herum, hatte eine flüchtige Erscheinung von Flügeln, die auf mein Gesicht zukamen – riesengroße Flügel, die Flügel des Todes –, und dann packte mich Harris am Haar, riss mich aus der Flugbahn und stieß mich um, Gesicht nach unten.

»Du gefiedertes Miststück ...!«

Harris lag auf dem Rücken, dann auf Händen und Knien und dann wieder auf dem Rücken, er rollte hierhin und dahin und hieb auf ein Ding ein, das wie eine gigantische Kugel aus Federn und Flügeln aussah. Diese ganze wirbelnde Masse aus Staub und derben Flüchen bewegte sich in Richtung Scheune und knallte dort gegen die Wand. Ich sah, wie aus der Mitte ein Arm herausgeschossen kam, nach einem Brett griff und auf die Federn eindrosch, und dann, während sich der Staub allmählich legte, wurde Harris sichtbar, der auf Knien hockte und mit dem Brett in beiden Händen auf ein Ding am Boden einschlug, das wie ein schlaffer Staubwedel aussah.

»Himmel, Arsch und Zwirn, Ernie! Dir werd ich's zeigen, mich so anzuspringen ...«

Ich hatte mich vorsichtig aufgerappelt, denn ich befürchtete inzwischen einen Überfall aus anderer Richtung (bis dahin war es ja nicht gerade ein guter Morgen gewesen). Langsam schob ich mich näher an Harris heran, um zu sehen, auf was er da einschlug.

Meine Bewegung lenkte Harris ab, und als er kurz aufschaute, erhob sich eine neue Wolke aus Staub und Federn, und sein Feind verschwand in einem Loch unter der Scheunenwand. Aber ich konnte gerade noch einen Blick auf ihn werfen.

»Ein Huhn?«, fragte ich. »*Das* war ein Huhn?«

Harris stand auf, warf das Brett weg und wischte sich den Dreck von der Hose. »Himmel, nein – ein Hahn. Ernie. Und wenn du mich nicht gestört hättest, hätte ich ihn umgebracht! Der hat's schon jahrelang auf mich abgesehen. Himmel, Arsch und

Zwirn, ich kann's nicht ausstehen, wenn ich Ernie nicht im Blick habe.«

Ich bückte mich, linste durch das Loch unter der Scheunenwand und sah ein gelbes Auge, das mich böse aus der Dunkelheit anfunkelte.

»Aber er muss mich schon aus dem Hinterhalt anspringen. In einem fairen Kampf kann ich ihn besiegen, aber wenn man ihn nicht sieht ... nur so schafft er's, dass er mich erwischt.«

Jetzt, wo sich der Staub endgültig gelegt hatte, sah ich, dass etliche Stellen an Harris' Brust und Wange zerkratzt und aufgeschürft waren. »Du blutest.«

Er wischte das Blut weg. »Seine Krallen. Damit kratzt er einem die Haut auf. Ich würd ihn ja gern umbringen, den alten Drachen, aber Pa mag ihn. Er sagt, Ernie kann gut Habichte und Eulen vertreiben.«

Das glaubte ich sofort. Ich wusste nichts über Habichte und Eulen, aber ich persönlich würde mich ganz sicher nicht mit Ernie einlassen.

Harris war schon auf halbem Weg zum Stall, und ich beeilte mich, ihn einzuholen – ich wollte nicht allein vor dem Loch unter der Scheunenwand stehen bleiben.

»Wir müssen separieren«, sagte er. »Und wir sind spät dran.«

»Separieren? Du meinst, wir müssen uns trennen? Warum? Werden wir noch von was anderem verfolgt?« Ich sah nach hinten, zu den Seiten, schon bereit, mich zu ducken.

»Nein. Nicht uns, du Dummkopf. Die Milch. Ich dachte, ich geb dir mal Gelegenheit, die Arbeit auf der Farm kennenzulernen, und da fängt man am besten mit dem Separieren an.« Harris unterbrach sich, hustete, spuckte, blickte zur Seite – ein sicheres Zeichen, dass er log wie gedruckt, wie ich später herausfand. »Pa und Ma meinen, ich soll dich die Zentrifuge bedienen lassen.«

Während er das sagte, ging er durch die offenen Torflügel in den Stall, und ich folgte ihm. Ich war noch nie zur Melkzeit in einem Stall gewesen und staunte über die vielen Kühe. In der Mitte war ein sauberer betonierter Gang, ungefähr vier Meter breit, mit Rinnen an beiden Seiten. Links und rechts standen Kühe, das Hinterteil jeweils dem Gang zugekehrt, und es schien, dass die meisten Kühe von den Rinnen ordentlich Gebrauch machten, denn sie waren inzwischen mit einem dünnflüssigen Brei aus Kot und Urin gefüllt.

Der Gestank war überwältigend – kräftig, frisch und so von Ammoniak durchdrungen, dass es mir die Kehle zusammenschnürte und ich einen Augenblick stehen bleiben musste, bis ich wieder Luft bekam.

Als ich eintrat, kam gerade Clair zwischen zwei Kühen hervor. Sie trug einen alten, halb zerfetzten

Kittel aus Jeansstoff und hatte einen dreibeinigen Schemel in der einen Hand und einen bis zum Rand mit dick schäumender Milch gefüllten Eimer in der anderen. Sie lächelte mir zu. »Bist also wieder auf den Beinen. Und? Fühlst du dich besser?«

Ich nickte. »Nur eine Beule am Kopf.« Ich blickte auf die Reihen der Kühe. »Ist Vivian auch hier?«

»Die Drittletzte auf dieser Seite.« Clair deutete mit dem Kinn in die Richtung. »Komm nicht in die Nähe von ihrem Hinterteil.«

Sie ging an mir vorbei in einen kleinen Raum neben dem Stalltor, und Harris folgte ihr. Ich drehte mich nach ihm um, blieb aber noch einmal stehen. Louie melkte. Er hockte schräg neben einer Kuh, die Arme unter ihren Bauch gestreckt, und auf dem Gang hinter ihm saß eine riesige Katze auf den Hinterbeinen – es war bei Weitem die größte Katze, die ich in meinem Leben je gesehen hatte. Plötzlich richtete Louie einen Milchstrahl direkt auf ihr Maul, und während die Katze mit den Pfoten durch die Luft ruderte, schluckte sie die Milch so schnell, wie sie kam.

Clair hatte den Eimer in dem kleinen Raum abgestellt und war wieder herausgekommen, da schaute Harris um die Ecke. »Komm – willst du nicht mal sehen?«

In dem Raum stand ein Gerät mit zwei Zapfen. Unter dem einen war eine große Milchkanne, unter dem anderen ein hoher schmaler Eimer. Oben auf dieser Apparatur befand sich eine große Edelstahlschüssel voll Milch und an der Seite eine Kurbel mit hölzernem Griff.

»Das ist eine Zentrifuge. Man schüttet oben Milch rein, dreht die Kurbel, und dann kommt aus dem einen Hahn Rahm und aus dem anderen Magermilch.«

»Wirklich?«

»Sicher.« *Husten, spucken.* »Macht Spaß, willst du mal probieren?«

»Klar ...«

Ich umfasste die Kurbel und fing an zu drehen, ich versuchte es jedenfalls. Sie schien zu klemmen und sich meinen Bemühungen zu widersetzen. »Sie lässt sich nicht drehen.«

»Doch, doch. Kommt eben nur langsam in Gang. Mach weiter, bis es quietscht – danach geht's ganz leicht.«

Er fasste mit an und half mir kurbeln, und wirklich, er hatte recht. Nach zehn, fünfzehn Umdrehungen fing die Maschine an zu quietschen, und von da an ging es leicht, man musste nur immer gleichmäßig weiterdrehen.

Und weiterdrehen.

Und weiterdrehen.

Harris wartete, bis sich die Kurbel leicht drehen

ließ, dann verschwand er, war plötzlich wie vom Erdboden verschluckt, und es dauerte fast zehn Minuten, bis ich den Braten roch. Clair, Glennis, Knute und Louie molken zu viert siebzehn Kühe mit der Hand, und jeder Tropfen davon lief durch die Zentrifuge.

Die ich kurbelte.

Sobald einer seinen Eimer vollgemolken hatte, kam er in den kleinen Raum, um die Milch in die Zentrifuge zu schütten, und so blieb der Pegelstand in der großen Schüssel immer der gleiche. Nach zwanzig Minuten fühlte sich mein Arm an, als würde er jeden Moment abfallen. Die Situation wurde immer bedrängender – die Milch kam in endlosen Strömen, und ich befürchtete, dass, wenn ich nicht weiterdrehte, die Zentrifuge überfließen würde, weil immer wieder Milch nachgeschüttet wurde.

Langsam füllte sich die große Milchkanne auf dem Boden, und gerade als ich anfing, mir Sorgen zu machen, sie könnte jeden Augenblick überlaufen, kam Knute herein, um seinen Eimer auszuschütten und die volle Milchkanne durch eine leere zu ersetzen. Alles ohne zu reden. Mir fiel auf, dass ich seit meiner Ankunft gestern Abend noch kein Wort von ihm gehört hatte.

Das Melken dauerte vielleicht zwei Stunden, aber mir kam es wie ein ganzes Leben vor, wie ein endloser Schwall Milch, eine unaufhörliche Flutwelle aus schaumiger Milch. Endlich, als ich das Gefühl hatte, ich könnte keinen Arm mehr bewegen, und als ich ernsthaft daran dachte, es mit dem Fuß zu probieren, kam Harris zurück und übernahm die Kurbel.

»Ich bin dran.«

Seine Wahl des Zeitpunkts war perfekt. Clair kam mit einem halben Eimer Milch herein, leerte ihn in die Schüssel auf der Zentrifuge und lächelte mir zu. »So, das war's. Der letzte. Was hältst du von einem kleinen Imbiss?«

Wütend funkelte ich Harris an, denn inzwischen war mir klar, was er mit mir angestellt hatte. Meine Arme hingen unbrauchbar zu beiden Seiten herab und fühlten sich so lang gedehnt an, als würden meine Fingerknöchel auf dem Boden schleifen. »Imbiss?«

Sie lachte. »Sicher. Oder glaubst du, außer dem Frühstück gibt es hier nichts zu essen? Großer Gott, da würde es uns aber schlecht gehen!«

Harris machte die letzten Umdrehungen an der Zentrifuge, dann wurden die Kannen mit Milch und Rahm zum Kühlen in einen Wasserbehälter an der rückwärtigen Wand des kleinen Raumes gestellt, und wir gingen alle zurück zum Haus.

Harris und ich hielten uns hinter den Erwachsenen und Glennis, und ich schaute mich immer wieder nach Ernie um. Harris schüttelte den Kopf, als er es sah. »Er kommt nicht, wenn Erwachsene in der Nähe sind – der ist feige durch und durch. Ein verdammter Schisser.«

Klatsch. Glennis hatte scharfe Ohren. Sie drehte sich um und verpasste Harris eine Ohrfeige, ohne aus dem Rhythmus ihrer Schritte zu kommen und ohne den Faden in der Unterhaltung mit Clair zu verlieren.

Im Haus wusch Glennis alle Teile der Zentrifuge – Scheiben, Zapfen, Gewichte – und hängte sie auf der Veranda an Drähte zum Trocknen auf. Clair bereitete unterdessen den »Imbiss« zu.

Es war eine riesige Pfanne mit Kartoffeln, die für das Essen am Abend zuvor gekocht und in Scheiben geschnitten worden waren und nun in frischem Fett gebraten wurden. Außerdem gab es eine hoch beladene Platte voll Speck und zwei Dutzend Rühreier – ich hatte mitgezählt, während sie in die Pfanne geschlagen wurden.

Alles lief ab wie beim Frühstück. Knute saß schweigend da – ich fragte mich langsam, ob er überhaupt reden konnte – und trank Kaffee aus einem Becher, während Louie und Harris um das Essen kämpften, sobald es auf den Tisch gestellt wurde.

Louies Esstechnik war jetzt anders, aber nicht weniger sensationell. Er benutzte keine Gabel, sondern hob den Teller an und schaufelte das Essen portionsweise mit dem Messer in den Mund, und wie beim Frühstück weitete er irgendwie seinen Rachen, um es mehr oder weniger im Ganzen zu verschlucken.

Nach dem Imbiss, nachdem Louie mit einem Stück Brot das Fett von der Platte, seinem eigenen Teller, unseren Tellern und der Bratpfanne gewischt hatte, das Brot in den Mund geschoben und das überschüssige Fett über Bart und Kinn hatte tropfen lassen – als das alles vorbei war, lehnte ich mich zurück und hatte schwer zu tun, dass ich mich nicht übergeben musste. Es hatte köstlich geschmeckt, und ich hatte mehr als zu viel gegessen. Ich war voll bis oben hin und dachte ernsthaft daran, wieder schlafen zu gehen, obwohl ich sonst um diese Zeit erst aufstand. Jedenfalls würde ich mich vorerst nicht rühren können, davon war ich überzeugt.

»Komm«, sagte Harris. »Wir gehen spielen.«

Und er rannte aus der Tür.

Ich zögerte, überlegte, ob ich würde aufstehen können, und Clair interpretierte meine Trägheit falsch.

»Keine Angst, mein Junge, geh nur ruhig spielen. Ich ruf dich rechtzeitig zur Vormittagsmahlzeit.«

Ich nickte, und während ich schwerfällig zur Tür hinauswankte, hörte ich Clair zu Knute sagen: »Jungs mit gesundem Appetit sind mir schon immer sympathisch gewesen.«

4. KAPITEL

In dem Krieg erklärt und Ehre verteidigt wird

Harris blieb am Tor der Umzäunung stehen – es war eine Kombination aus senkrechten Brettern und Maschendrahtzaun – und warf einen prüfenden Blick über den Hof.

Ernie war neben der Scheune und pickte und scharrte mit den Hühnern im Gras. Harris nickte. »Gut. Er ist beschäftigt. Willst du Krieg spielen?«

Ich sah zu dem Hahn hinüber. »Du meinst mit Ernie?« Ich wusste nicht genau, was Harris unter »Krieg spielen« verstand – vielleicht nicht das Gleiche wie ich, also sich Feinde ausdenken und sie bekämpfen –, aber dass Ernie keine Gefangenen machte, war mir ziemlich klar, und wenn ich nicht mindestens ein Maschinengewehr hätte, würde ich auf keinen Fall mit ihm spielen wollen.

»Nö, mit den Schweinen. Ich spiele immer, die Schweine wären Kommie-Japse und ich schleiche mich an. Du weißt schon. Nur so vorgestellt.«

»Kommie-Japse?« Als ich auf den Phillippinen gelebt hatte, war die japanische Besetzung gerade ein Jahr vorbei gewesen, und ich verstand, wenn man an die Japaner als Feinde dachte, aber die Bezeichnung *Kommie-Japse* hatte ich noch nie gehört. »Was sind das für welche?«

»Louie nennt sie so.«

»Die Schweine?«

»Nein. Louie wäre beinahe in den Krieg gezogen, und er sagt, die Leute, die er da bekämpft hätte, würden Kommie-Japse heißen. Deshalb nenn ich eben die Schweine so und kämpf gegen sie.« Er steuerte die Scheune an. »Komm, wir gehen. Da drüben hab ich Gewehre.«

Seine »Gewehre« waren zwei schmale Bretter – mit einem davon hatte er an diesem Tag schon Ernie verprügelt –, aber mit etwas Fantasie könnten sie auch als Gewehre durchgehen. Ich ließ den Hahn nicht aus den Augen, bis Harris es bemerkte und den Kopf schüttelte.

»Keine Angst. Wenn man ihn sehen kann, greift er nicht an. Aufpassen musst du nur, wenn du ihn nirgends siehst.«

Und so zogen wir in den Krieg gegen die Schweine, Harris rechts, ich links, und für den Fall, Ernie sollte sich plötzlich einmischen, warf ich doch ab und zu einen flüchtigen Blick über die Schulter.

Unsere Feinde waren völlig uninteressiert, was

unsere Absichten anging – so dachte ich. Halb im Schlamm eingegraben lagen sie da, zufrieden grunzend, mit durchweichten Getreideresten auf den Nasen und mit rumpelnden Mägen. In dem einen Pferch waren drei Säue, in einem anderen ein Eber und in einem dritten eine einzelne Sau mit etwa zehn Ferkeln, die so klein waren, dass sie, wenn sie wollten, jederzeit unter dem Zaun hätten hindurchschlüpfen können.

»Schau sie dir an«, flüsterte Harris, während wir gegen sie vorrückten. »Wie sie daliegen, die dreckigen Kommie-Japse! Als ob ihnen die Welt gehört!«

Ich nickte. »Dreckige Kommies.« Was immerhin nicht ganz gelogen war. Sie waren, falls das möglich war, sogar noch schmutziger als Louie.

»Fertig?«

Ich nickte noch einmal und entsicherte mein Brettgewehr. »Fertig.«

»Ich geh rechts, du links.« In der Hocke und mit erhobenem Gewehr rückte Harris gegen sie vor, indem er langsam einen Fuß vor den anderen setzte.

»Links ...«, wiederholte ich und machte alles genau so wie er.

Mein Fehler war, dass ich mich zu tief hineinsteigerte. Ich weiß nicht, was ich erwartet hatte – vielleicht, dass wir den Feind in die Zange nehmen und dann, bevor er eine Fluchtmöglichkeit hätte, das

Feuer eröffnen würden. Aber meine Fantasie ging mit mir durch, und nach zwei Schritten sah ich in unseren Feinden keine Schweine mehr. Es waren Kommie-Japse, die die Welt beherrschen wollten, und wir waren die Einzigen, die ihre üblen Absichten verhindern und das wahrhaft Amerikanische retten konnten. Was immer Harris tun würde, ich würde ihn unterstützen, ihm beistehen.

Und was Harris vorschwebte, war ein Nahkampf.

Drei Meter vor dem Pferch blickte er zu mir herüber, ein unheimliches Glitzern im Auge, und hob fragend eine Braue.

Ich nickte, bereit, ihm zu folgen. Bereit zu allem. *Bereit.*

Er schwenkte den Arm in der klassischen Mir-nach-Geste der Infanterie und brüllte los.

»*Aaahhhh!* Nieder mit euch, ihr Kommie-Japsen-Schweine!« Er schleuderte seine Brettwaffe weg, setzte zum Sturm auf den Pferch an, sprang über die niedrige Einzäunung hinweg und warf sich mit gestrecktem Körper auf die Säue.

Hätte man mich später gefragt, ob ich Harris tatsächlich mit voller Absicht in einen Schweinepferch gefolgt sei, hätte ich es abgestritten. Schließlich war die Schweinescheiße schon fünfzig Meter vor dem Pferch zu riechen. Aber es war nun mal Krieg. Meine Fantasie hatte mich überwältigt, und gefangen von der Macht des Augenblicks war ich einfach viel zu vertieft, um zu merken, was ich tat. So kam es, dass ich einen halben Meter hinter Harris auf den Säuen landete und zusammenhangloses Zeug brüllte.

Schon möglich, dass die Säue noch nie Kommie-Japse gewesen waren – weil aber Harris hier wohnte, schien es mir eher unwahrscheinlich, dass ihnen diese Art von Unterhaltung ganz und gar fremd war. Möglich auch, dass Harris sie noch nie so wild schreiend und eingebildete Messer schwingend überfallen hatte, aber auch das ist bei Harris' ständiger Anwesenheit auf der Farm eher unwahrscheinlich. Dagegen glaube ich mit ziemlicher Sicherheit, dass die Säue noch nie von zwei Seiten gleichzeitig angesprungen worden waren, von *zwei* Jungen, die eingebildete Messer schwenkten und sich mit ihrem Geschrei von Tod und Verderben die Lunge aus dem Leib brüllten.

Die Folgen waren verheerend. Scheiße und Dreck spritzten zehn Meter hoch in die Luft, eine Fontäne, die die Sonne zu verdunkeln schien, und außer der Tatsache, dass ich einen schrecklichen Fehler begangen hatte, lernte ich etwas über die Grundlagen der Physik: Ein leichterer Gegenstand, etwa ein Junge von fünfundvierzig Kilo Gewicht, kann nicht hoffen, einen schwereren Gegenstand, etwa eine Sau von mehr als 100 Kilo, von der Stelle zu bewegen.

Dazu kam die Erfahrung, dass eine von Schlamm überzogene Sau zu glitschig ist, als dass man sich an ihr festhalten könnte, und schließlich auch die Erkenntnis, dass Schweine nur *scheinbar* faul und teilnahmslos sind und in weniger als einer Sekunde mit sämtlichen verfügbaren Kräften kampfbereit.

Wir hatten keine Chance.

Ich landete auf einer Sau, griff zu, rutschte ab und wurde durch einen Huftritt in den Hintern in die zähe Scheiße befördert. Aus den Augenwinkeln sah ich, dass es Harris nicht anders erging, auch wenn er im Fallen tapfer kämpfte und nach rechts und links Hiebe austeilte. Und dann war alles verloren.

Was wirklich passierte, ist irgendwie im Durcheinander untergegangen. Ich war oben, Harris war oben, ich war unten, Harris war unten, wir wurden gestoßen, gequetscht, hin und her geworfen und eingewühlt, in den Dreck gestampft, zu Kugeln gerollt und am Ende wie Abfall aus dem Pferch geschleudert.

»Ich bin blind! Ich kann nichts sehen!«, schrie ich. Ich hatte Schweinescheiße *unter* den Augenlidern. »Wo bist du? Harris!«

Etwas packte meine Hand und zerrte, ich wehrte mich im Glauben, eine der Säue hätte mich wieder erwischt.

»Ich bin's doch«, schrie mir Harris ins Ohr. »Los,

komm – wir müssen zum Fluss.« Und er lachte. »Du siehst aus wie ein riesengroßer Haufen Schweinescheiße! Komm, wir tauchen im Fluss.«

An der Farm entlang schlängelte sich in behäbigen S-Kurven ein kleiner Fluss – kaum mehr als ein Bach eigentlich –, der hier und da seichte Tümpel bildete. Harris nahm mich bei der Hand, zog mich durch den Weidezaun über holpriges Gelände, auf dem ich immer wieder stolperte, bis ich in etwa ein Meter tiefes kaltes Wasser fiel.

Ich tauchte unter wie ein Wal, wälzte mich mit aufgerissenem Mund und weit offenen Augen hin und her – ich hatte den Dreck sogar im Mund – und kam nicht eher wieder hoch, bis ich nur noch den Geschmack von reinem Wasser spürte.

Am Ufer kugelte sich Harris, tropfnass, schlug mit den Fäusten ins Gras und lachte und lachte, dass ich Angst hatte, er könnte ersticken.

»Das war nicht lustig!«, sagte ich. »Ich glaube, ich hab Scheiße runtergeschluckt.«

»Minnie ...« Er wollte etwas sagen und versuchte, das Lachen zu unterdrücken.

»Minnie?«

»Minnie ... ist fast *gestorben,* als du auf ihr gelandet bist ...« Mehr brachte er nicht heraus, er japste und schluckte schon wieder, und als ich an die Sau dachte, auf die ich gesprungen war – anscheinend

Minnie –, und mir ihre kleinen Schweinsäuglein ins Gedächtnis rief, mit denen sie mich neugierig gemustert hatte, als ich durch die Luft geflogen kam, musste ich ein bisschen lächeln, dann fing ich an zu kichern, und bald kugelten wir beide am Ufer hin und her und hörten erst auf zu lachen, als wir Clair vom Haus her rufen hörten.

Harris rappelte sich auf. »Los, komm.«

»Was ist?«

»Essen«, schrie er mir über die Schulter zu und lief in Richtung Haus. »Vormittagsmahlzeit.«

»Aber wir haben doch erst vor ein paar Minuten gegessen.«

»Himmel, Arsch und Zwirn, das ist fast eine Stunde her, vielleicht sogar länger. Mach schon, oder willst du, dass Louie den ganzen Kuchen allein isst?«

Es war keine volle Mahlzeit wie die beiden Frühstücke. Es gab Velveeta Scheibenkäse, selbst gebackenes Brot, Fleischscheiben (später fand ich heraus, dass es geräuchertes Rehfleisch war), saure Gurken und einen großen Kuchen mit Schokoladenguss in einer rechteckigen Pfanne.

Das Problem war, dass das Essen schon auf dem Tisch stand und Louie freie Bahn hatte, weshalb der halbe Kuchen und vieles von dem Brotbelag schon weg waren, als wir kamen. Louie saß, mit Brotkrümeln und Käseschnipseln bekleckert, am Tisch.

Knute trank Kaffee und starrte den Tisch an, und Harris und ich standen triefend an der Tür, jeder ein Brot in der einen und ein Stück Kuchen in der anderen Hand, und aßen schweigend.

Keiner fragte, weshalb wir tropfnass seien oder was wir getrieben hätten, und das fand ich sonderbar, bis mir einfiel, dass sie Harris ja schon lange kannten und wahrscheinlich an alles gewöhnt waren.

»Die Vierzig-Ost ist zum Mähen fällig.«

Die Worte erreichten mich zuerst gar nicht richtig, es war, als hätte die Stimme Gottes gesprochen. Eine tiefe Stimme, fast dröhnend, und ich hob unwillkürlich den Blick zur Decke. Dann begriff ich, dass es Knute gewesen war. Ich starrte ihn an, doch außer mir fand anscheinend niemand etwas Besonderes an ihm. Er saß noch immer da wie vorher, trank Kaffee und starrte auf dieselbe Stelle der Tischplatte. Harris schien jedoch begeistert von seinen Worten, er grinste und ging, immer noch Kuchen mampfend, hinaus.

Ich leckte den Schokoladenguss von meinen Fingern und lief hinter ihm her. Am Tor, wo er stehen blieb, um nach Ernie Ausschau zu halten, holte ich ihn ein.

»Was ist los?«

»Pa will mähen.«

»Und?«

»Und da können wir auf dem Gespann reiten ...«

»Aha.« Ich hatte keinen blassen Dunst, wovon er sprach. »Schön. Das macht bestimmt Spaß.«

»... und Mäuse fangen.«

»Mäuse?«

»Mann« – Harris schüttelte den Kopf –, »du weißt aber auch gar nichts, oder?«

5. KAPITEL

In dem ich Fetzer begegne und Wert und Sicherheit der Teamarbeit schätzen lerne

Harris rannte zum Stall voran, und kaum waren wir dort, kam Knute. Er ging zum hinteren Tor und sagte mit ruhiger Stimme: »Bill, Bob, kommt jetzt rein.«

Wir standen neben ihm, und ich konnte erst nicht sehen, mit wem er sprach. Plötzlich aber lösten sich aus einer Gruppe Pappeln am Fluss zwei riesengroße graue Pferde und traten langsam auf die offene Fläche heraus.

Auf den Philippinen hatte ich schon Pferde gesehen, auch in Westernfilmen im Kino, und ich wusste, dass man auf ihnen reiten konnte. Doch Bill and Bob hätten auch zwei Wesen aus einer anderen Welt sein können.

Sie waren nicht nur groß, sie waren nahezu prähistorisch – wie zwei behaarte Dinosaurier kamen sie bedächtig vom Fluss herauf, und aus der Nähe konnte ich sehen, dass an ihren massigen Körpern nur wenig Fett war. Unter der Haut an ihren Hinterteilen und Schultern traten dicke Muskelstränge hervor.

Alles an ihnen war fest und kräftig. Riesige Köpfe, die sich senkten, um Knutes Hand zu berühren, gigantische runde Füße, die tief im Morast hinter dem Stall einsanken, große, ausdrucksvolle braune Augen, die mich fast wünschen ließen, die Riesen zu umarmen.

Knute machte kehrt, ging durch den Stall zurück, und die Pferde folgten ihm wie Hündchen. Am vorderen Ende war direkt neben dem Tor eine Doppelbox, in die Bill und Bob hineintrotteten. Knute kam mit einem Eimer voll Hafer aus dem Pumpenhaus und schüttete jedem die Hälfte davon in einen kleinen hölzernen Futtertrog.

An Haken bei der Tür hingen große Rollen von Ketten und Lederriemen mit wuchtigen gepolsterten Bügeln. Ich hatte sie vorher schon gesehen, mir aber keinen Reim darauf machen können, und fragen wollte ich nicht, weil ich es allmählich leid war, immer als der Dumme dazustehen.

Während die Pferde fraßen, nahm Knute die Bügel herunter und streifte sie den Pferden über die Köpfe, und als er dann begann, ihnen das Leder- und Kettenzeug anzulegen, begriff ich, dass es sich um Zuggeschirre handeln musste.

Harris wuselte ständig um die Pferde herum, solange Knute arbeitete. Er kroch unter ihnen hindurch, über sie hinweg, reichte Knute – der wieder in Schweigen versunken war – die Enden von irgendwelchen Riemen, und die Pferde blieben dabei ganz friedlich, selbst als Harris sich bückte und zwischen ihren Hinterbeinen zu mir auf den Gang heraustrat.

Wortlos wartete Knute ab, bis sie ihren Hafer gefressen hatten. Dann schob er sich zwischen ihre Köpfe und dirigierte sie mit locker gehaltenen Zügeln rückwärts aus der Box in den Mittelgang, aus dem Stall hinaus und zu der Reihe von Maschinen neben der Scheune.

Ich hatte den Eindruck, dass er sie eigentlich gar nicht zu führen brauchte. Sie wussten genau, wohin sie zu gehen und was sie zu tun hatten. Vor einem Gerät, das, wie ich erfuhr, die Mähmaschine war, drehten sie sich von sich aus um und schoben sich rückwärts neben eine lange hölzerne Mittelstange, einer links, der andere rechts, in die richtige Position zum Ziehen.

Knute hakte ihre Zugketten in einen großen hölzernen Querbalken ein, der am Mäher hing, dann hob er die Mittelstange an und befestigte sie zwischen den beiden Pferden.

»Komm«, sagte Harris. Ich blickte erstaunt auf den leeren Futtersack in seiner Hand, den er irgendwo aufgelesen hatte. »Wir müssen rauf.«

»Wo rauf?«

»Auf die Pferde ...«

Harris sprang in die Lücke zwischen Bill and Bob, kletterte auf den Mäher und balancierte über die hölzerne Mittelstange bis zu den Schultern der Pferde vor. Dann ergriff er zwei hörnerartige Dinger, die oben von jedem Bügel abstanden, und hangelte sich daran hoch, bis er auf dem rechten Pferd saß.

»Komm schon«, sagte er. »Kletter auf Bill! Oder willst du da unten stehen bleiben?«

Tatsächlich hatte ich in diesem Augenblick genau das gedacht, nämlich, dass ich viel lieber hier unten stehen bliebe, statt auf ein Pferd von der Größe eines Trucks zu steigen. Aber mein Stolz behielt die Oberhand. Ich schwang mich also zögernd auf den Mäher hinter dem linken Pferd, Bill, und kletterte vorsichtig, Schritt für Schritt, über die Mittelstange, bis ich mich an Bills Schulter emporziehen konnte. Bill war so breit, dass meine Beine waagrecht zu beiden Seiten abstanden, und während sich seine Schultern langsam hoben und senkten, hörte ich ihn unter mir Luft einsaugen und ausstoßen – ich saß wie auf einem warmen Blasebalg.

Die Erde schien meilenweit unter mir, und als ich ein mechanisches Klirren hörte und die Pferde sich ein wenig bewegten, griff ich verzweifelt nach den hörnerartigen Dingern auf dem Bügel.

»Lass die Führungsringe los«, sagte Harris. »Und halt dein Bein höher und schieb's unter die Zügel. Wenn du auf den Zügeln draufsitzt, kann Pa die Pferde nicht lenken.«

Ich rutschte hin und her, während Knute den Mähbalken in senkrechte Stellung brachte und ihn mithilfe eines Hebels vorerst außer Funktion setzte. Geduldig wartete er, dass ich tat, was Harris sagte.

»Wir müssen uns nämlich beeilen«, erklärte Harris, während ich meine Beine zwischen all den Riemen und Ringen und Leinen sortierte.

»Wir sollten vom Hof sein, ehe Fetzer merkt, dass wir losfahren ... Ach verflixt, schon zu spät.«

Ich hatte meine Beine endlich in die richtige Stellung gebracht und wollte gerade fragen, wer Fetzer sei, da sah ich aus den Augenwinkeln eine Katze aus dem Stall kommen und sich neben das Tor setzen. »Du meinst die Katze da?«

Harris nickte. »Ist immer besser, wir kommen raus, ohne dass er's mitkriegt.«

Ich hatte die Katze vorher schon kurz gesehen, beim Melken, als Louie ihr Milch ins Maul spritzte, aber da hatte ich nicht richtig erkannt, wie groß sie war: Sie hatte die Größe eines Collies, lange Vorderbeine und riesige runde Ballen an den Pfoten. Jedes Ohr endete in einem verdreckten Haarbüschel, das Fell war gefleckt, fast gesprenkelt.

Knute lenkte das Gespann auf ein Tor in einem Weidezaun zu, und auf dem Weg dorthin würden wir direkt an der Stalltür vorbeikommen. Harris beugte sich über die Lücke zwischen den Pferden und sagte leise zu mir: »Du solltest Fetzer nicht anfassen.«

Ich nickte. »Schon gut. Hab ich auch nicht vor.« Die Ermahnung schien mir überflüssig, denn schließlich saß Fetzer auf dem Boden, und ich befand mich in einer gefühlten Höhe von ungefähr drei Metern.

»Er ist nämlich nicht ganz normal«, fuhr Harris fort. »Louie hat ihn im Wald gefunden, im Frühjahr, als er sich nach Bäumen zum Fällen umschaute. Damals war Fetzer noch ein Kätzchen, und Louie hat ihn in der Jackentasche mit nach Hause gebracht. Ist ein Stück gewachsen seitdem.«

»Sieht so aus ...«

Ich wollte noch etwas sagen, aber da kamen wir gerade an der Stalltür vorbei, und plötzlich machte der Kater einen gewaltigen Sprung – mühelos, wie es schien – und landete auf dem Hinterteil des Pferdes, auf dem ich saß.

Ich fuhr zusammen, rechnete damit, das Pferd würde irgendwie reagieren, aber nichts geschah. Unbeirrt stampfte Bill mit Fetzer hintendrauf weiter, und der Kater lehnte sich ein bisschen zur Seite, damit er um mich herum nach vorn schauen konnte.

»Egal, was er macht, fass ihn nicht an!«, wiederholte Harris. »Das darf nur Louie. Fetzer ist schnell gereizt, wenn er von einem anderen als von Louie angefasst wird.«

Ich nickte und fragte flüsternd: »Warum reitet er mit mir auf dem Pferd?«

»Er hat's gern, wenn Pa mäht, weil er dann Mäuse fangen kann. Deshalb wollte ich ja ohne ihn wegkommen. Er macht einem das Mäusefangen schwer, weil er so schnell ist. Pass einfach auf, was ich mache, und dann mach's genauso. Manchmal, wenn er gerade schläft, kommen wir ohne ihn weg, aber wenn er den Mäher sieht, weiß er sofort Bescheid, dann kommt er mit und verdirbt einem alles.«

Ich wusste nicht, was Fetzer verderben würde, und ich verstand auch nicht, warum wir eigentlich Mäuse fangen wollten. Von mir aus konnte Fetzer sie alle haben. Ich war auch gern bereit, abzusteigen und ihm das Pferd allein zu überlassen.

Am Gatter hatte Knute angehalten, und Harris sprang ab, öffnete es, schloss es wieder, nachdem wir hindurch waren, und kletterte im Weiterfahren zurück auf Bobs Rücken.

Gleich hinter dem Gatter wendete Knute das Gespann, und danach ging es langsam neben dem Zaun her, der sich am Zufahrtsweg entlang in Richtung Landstraße zog. Immer wieder linste ich misstrauisch über die Schulter, um Fetzer im Auge zu behalten, doch der große Kater saß ganz friedlich da und betrachtete den Himmel und die Vögel.

Als wir nach etwa einem halben Kilometer an eine dicht mit Luzerne bestandene Fläche kamen, fast taillenhoch gewachsen, hielt Knute an der einen Ecke der Wiese die Pferde an und senkte den Mähbalken. Er löste einen Kanister Öl aus einem Halter unter dem Sitz des Mähers und träufelte Öl über die Schneidemesser, dann setzte er sich wieder und kuppelte die Mähfunktion ein.

Harris sprang ab und bedeutete mir, dasselbe zu tun. »Jetzt müssen wir hinter dem Mäher hergehen und Mäuse fangen.«

Das war nun endgültig der Hammer. »Harris, warum um alles in der Welt brauchen wir Mäuse?«

»Wegen dem Geld.«

»Welches Geld?«

»Louie. Er zahlt für zwei Mäuse, die wir ihm liefern, einen Penny. Fetzer natürlich nicht. Fetzer zahlt er nichts, weil der sie in Stücke reißt; außerdem würde der sowieso keine hergeben. Letzten Sommer hab ich mal versucht, ihm eine wegzunehmen, weil ich das Geld wollte, da hat er mich fast umgebracht. Deshalb hab ich ja gesagt, fass ihn nicht an und nimm ihm keine Maus weg.«

»Okay.«

Ich wollte gerade fragen, warum Louie für die Mäuse Geld zahlte – ich dachte schon, er würde sie vielleicht essen, nachdem ich ihn bei Frühstück Nummer eins, Nummer zwei und bei der Vormittagsmahlzeit gesehen hatte –, doch da pfiff Knute durch die gespitzten Lippen, und die Pferde zogen an. Jetzt, bei gesenkter Stellung des Mähbalkens, bewegten sich scharfe dreieckige Messer hin und her und schnitten die Halme so exakt ab wie eine Schere.

Ich stand mit Harris hinter dem Mäher und sah zu, wie die Halme über den Mähbalken nach hinten fielen. Die Bewegung war faszinierend. Der Balken glitt über die Erde, und die Luzernen fielen und fielen in einer nicht endenden Reihe.

»Komm.« Harris ging ungefähr in drei Meter Abstand langsam hinter dem Mähbalken her. »Ab jetzt musst du aufpassen, immer genau hinschauen ...«

Ich befasste mich aber mehr damit, auf Fetzer zu achten. Er ging, bedächtig jeden einzelnen Schritt setzend, zwischen Harris und mir und beäugte aufmerksam die vor uns frisch fallenden Halme. Auf einmal vollführte er mit gekrümmtem Rücken einen Luftsprung und landete im Gras, die Beine halb darin vergraben. Dann zog er eine Pfote heraus, eine Maus in den messerscharfen Krallen, bedachte mich mit einem drohenden Blick – so fasste ich ihn jedenfalls auf – und warf sich die Beute ins Maul. Falls er überhaupt kaute, handelte es sich höchstens um einen einzigen Biss, dann war die Maus verschlungen.

»So ein Mist«, sagte Harris. »Siehst du? Da geht ein halber Cent dahin. Er kriegt sie einfach immer als Erster. Ich glaube, er hört sie oder so.«

Er winkte mir, und so setzte ich mich in gehörigem Abstand zu Fetzer wieder in Bewegung. Harris war noch keine zwei Schritte gegangen, da machte er einen Satz, grapschte zwischen die Halme und reckte die Faust samt einer Handvoll Gras und einer Maus in die Luft. »Hab eine!«

Ich nickte, doch als ich merkte, dass Fetzer den Vorgang mit einer Art Besitzeranspruch verfolgt hatte, fragte ich mich, ob er jemals eine Maus als mein Eigentum akzeptieren würde.

Vorerst spielte das aber keine Rolle. Die Luzernen, die über den Mähbalken fielen, lagen so dicht, dass es mir schleierhaft war, wie Harris oder Fetzer Mäuse sehen konnten.

Ich ging weiter. Harris erwischte noch zwei, Fetzer drei, und ich hatte noch gar keine. Inzwischen warf mir Harris eindeutig verächtliche Blicke zu, und ich beschloss, mich anzustrengen. Kaum hatte ich die Augen gesenkt, da sah ich ein kleines Etwas durchs Heu huschen.

»Hab eine!«, rief ich etwas voreilig, während ich

danach sprang. Ich verfehlte sie, sah sie ein zweites Mal, patschte zwischen die Halme und spürte die Maus in meiner Hand zappeln. Ich sah auf – und da stand Fetzer vor mir und starrte mich aus seinen großen gelben Augen an. Er blickte fordernd auf die Maus, dann wieder in mein Gesicht.

Ich nickte. »Irrtum von mir«, murmelte ich und warf ihm die Maus hin. Er fing sie aus der Luft und verschlang sie im Ganzen.

»Ahhh, jetzt aber!«, schnaufte Harris. Er hatte die Transaktion beobachtet. »Das ist nicht fair – die hat er sich nicht verdient. Er hat sie dir einfach abgenommen.«

»Schon gut. Ist ja nicht so wichtig.« Das war es auch nicht. Wenn mich Fetzer mit diesem Blick ansah, musste ich ihm einfach schenken, was er wollte.

»Gib doch nicht so leicht auf! Es ist jedes Mal ein halber Penny, wenn du ihm das durchgehen lässt.«

»Du hast selber gesagt, man soll ihm nie eine Maus wegnehmen.«

»Na ja ... aber deshalb musst du nicht so verdammt *schnell* nachgeben. Die ganze Welt gehört ihm ja auch wieder nicht.«

Ich nickte, und dann arbeiteten wir den ganzen Vormittag weiter. Harris fing knapp dreißig Mäuse. Ich war nicht so erfolgreich, erstens, weil ich den

Dreh noch nicht so raushatte wie Harris, und zweitens wegen Fetzer. Nach einer Weile trafen wir eine Art Übereinkunft, die sah so aus: Wenn ich eine Maus fing und er sie haben wollte, gab ich sie ihm. Wie sich herausstellte, verlangte er durchschnittlich zwei von drei meiner Mäuse, und so kam es, dass ich, als Knute das Gespann in den Schatten einer großen Ulme dirigierte, die Zugketten aushakte und sagte: »Essenszeit«, erst sechs Mäuse in den Sack getan hatte. Drei Cents.

»Ich bin nicht gut im Mäusefangen«, sagte ich, während wir uns unter den Baum setzten und darauf warteten, dass Glennis und Clair uns Essen brachten, eine Mahlzeit, die ich Mittagessen genannt hätte, die sie aber »Brotzeit« nannten. »Wegen Fetzer. Er nimmt mir ja die meisten ab.«

Harris nickte. »Er ist ein Schuft. So ist er im Grunde genommen auch zu seinem Namen gekommen ...«

»Wie meinst du das?«

»Letztes Jahr hat uns jemand einen alten Collie geschenkt. Er ist Fetzer nie in die Quere gekommen, aber Fetzer, der hat ihm andauernd das Futter geklaut. Eines Tages ist es dem Hund zu blöd geworden, und er hat ihn ein bisschen ins Bein gezwickt. Da hatte Fetzer seinen Namen weg.«

»Wegen dem Biss?«

»Nein – weil er den Hund umgebracht hat. Louie sagt, der Hund hat ausgesehen, als wäre er in eine Kreissäge gekommen. Deshalb nannten wir den Kater danach Fetzer. Also gib ihm ruhig weiter Mäuse. In einer Weile wird er sich vollgefressen haben.«

Wir saßen, gegen Steine gelehnt, am Feldrand. Knute hatte den Pferden das Zaumzeug abgenommen, rieb ihnen die Ohren und sprach leise zu ihnen, während sie Luzernen fraßen. Ich mochte das Geräusch, das sie beim Kauen machten – es hörte sich an, als wären Luzernen etwas Köstliches.

Knute drehte sich eine Zigarette, lehnte sich zurück und atmete tief durch. Am anderen Ende des Feldes sah ich Glennis und Clair kommen, und zwischen sich trugen sie einen Kessel mit zwei Henkeln.

Harris stand auf. »Komm, wir helfen ihnen.« Er rannte quer über das Feld, ich hinterher, und wir nahmen Glennis einen Eimer Wasser ab, den sie in der anderen Hand geschleppt hatte.

»Vorsicht, verschütte nichts«, sagte Glennis. »Es reicht gerade mal so für die Pferde.«

»Vorsicht, verschütte nichts«, ahmte Harris sie mit singendem Tonfall nach. *»Es reicht gerade mal so für die verdammten Pferde …«*

Klatsch.

Er hatte sich vergessen. Indem wir nämlich Glennis den Eimer abnahmen, hatten wir ihren rechten

Arm befreit, und den benutzte sie nun zu einem Klaps auf Harris' Hinterkopf.

»Hüte deine Zunge ...«

Er war unbeeindruckt. »Hast du das etwa schon mal ausprobiert? Deine Zunge zu hüten? Ist total unmöglich. Man kann seinen eigenen Mund nicht sehen, jedenfalls nicht ohne Spiegel, und ich hab nun mal keinen Spiegel, Himmel, Arsch und ...«

Klatsch.

Schweigend gingen wir weiter, bis wir die Pferde erreichten. Ich fand es gemein, ihn zu schlagen. Er fluchte von Natur aus, so wie ich die Soldaten auf den Philippinen hatte fluchen hören; Fluchen war ein Teil von ihm. Ebenso gut hätte sie ihn schlagen können, weil er atmete. Doch die Schläge schienen ihm nichts auszumachen.

Die Pferde tranken genau so, wie sie fraßen. Ihre Trinkgeräusche ließen das Wasser köstlich erscheinen. Wir stellten den Eimer zuerst vor Bill hin, dann nahmen wir ihn weg und ließen die andere Hälfte Bob trinken. Hinterher standen sie eine Weile mit triefenden Schnauzen und schmatzenden Lippen da, bevor sie wieder anfingen zu weiden. Wir aßen unterdessen.

Was Clair und Glennis in dem Kessel gebracht hatten, stellte sich als weitere volle Mahlzeit heraus. Es gab Brote mit Butter und Käse, einen Kessel voll

Rindfleischeintopf, einen ganzen runden Kuchen, drei Viertellitergläser Rhabarberkompott, eine große Schale Kekse und zwei mit Futtersäcken dick umhüllte Zweilitergläser, das eine mit kalter Milch und das andere mit heißem Kaffee.

Erst dachte ich, ich wäre noch satt von dem ersten und zweiten Frühstück und der Vormittagsmahlzeit, aber auf einmal verspürte ich doch einen Anflug von Hunger, und am Ende langte ich genauso kräftig zu wie Harris und Knute. Es schmeckte so gut, dass mir beim Kauen die Kiefer schmerzten.

Weder Clair noch Glennis aßen etwas, sie saßen auf der Wiese, zupften an den Halmen und unterhielten sich dabei in leisem neckenden Ton. Ab und zu lachte Glennis verschämt und errötete, dann stupste Clair sie mit dem Finger an und lachte.

Als wir fertig gegessen hatten, lehnte sich Knute zurück und drehte sich noch eine Zigarette, und Harris ließ sich ins Gras fallen und rülpste.

»War gut, das Essen«, sagte Knute als eine Art Kompliment zu Clair und Glennis. Er schien noch etwas sagen zu wollen, stockte aber und beobachtete stattdessen einen Habicht, der im Sturzflug auf die frisch gemähte Wiese herabstieß – und da begriff ich, dass Knute immer so war, dass er anscheinend immer etwas sagen wollte, es aber nie ganz herausbrachte.

»Mahlzeiten auf dem Feld hab ich gern«, sagte Harris, ohne jemand Bestimmten anzusprechen. »Besonders, wenn Louie nicht dabei ist. Dann muss man nicht so verdammt hart ums Essen kämpfen.«

Glennis, die im Gras saß und den Pferden zusah, war zu weit entfernt, um ihn zu ohrfeigen, aber sie drehte sich um und bewarf ihn mit einem Dreckklumpen. »Hüte deine Zunge!«

Er grinste und duckte sich geschickt weg, und ich legte mich ins Gras am Wiesenrand und sah den kleinen Wolken nach, die über den Himmel zogen. Ein Geräusch von der Seite ließ mich aufhorchen, ich setzte mich auf und sah, wie Clair Fetzer einen Fleischrest aus dem Topf gab.

Sie hielt das Stück zwischen Daumen und Zeigefinger, und Fetzer zog es ihr elegant und sehr vorsichtig mit nadelspitzen Krallen aus den Fingern und beförderte es in sein Maul, genauso wie er es mit den Mäusen getan hatte.

»Was für eine Art Katze ist Fetzer?«, fragte ich.

Knute lächelte, sagte aber nichts.

»Wir haben mal in einer Zeitschrift ein Foto von einer Katze gefunden, die sah ihm ähnlich«, sagte Harris. »Was war das für eine, Ma? Was für eine Rasse war das?«

»Er ist ein Luchs«, sagte Clair. »Ein großes Luchsbaby ...« Ihre Stimme wurde ganz weich, und man merkte, dass sie Fetzer gern gestreichelt hätte, doch sie fasste ihn nicht an, und als sie nichts mehr für ihn hatte, stolzierte er in Richtung Feldrand davon und ging wieder auf Mäusejagd.

Nach einer Weile drückte Knute seine Zigarette aus, bröselte den restlichen Tabak in den Beutel zurück und erhob sich. Er spannte die Pferde, die ihm abwartend zusahen, wieder vor den Mäher, setzte sich in den Sitz, und die Mittagspause war vorüber.

Harris nahm den Sack mit den Mäusen und ging wieder hinter dem Mäher her, ich tat es ihm nach, und so verging der Nachmittag.

Ich fing noch sieben eigene Mäuse, Harris ungefähr vierzig, Fetzer sechs eigene und dazu meine übrigen vierzehn; satt wurde er nie. Wir aßen noch einmal – Glennis und Clair brachten Kuchen, Milch, Kaffee und Sandwiches mit Fleisch –, dann war es Abend, wir ritten auf den Pferden zurück zum Stall und kamen gerade rechtzeitig zum Melken. Diesmal stellte sich Harris die Hälfte der Zeit über an die Zentrifuge, und das war gut so, denn ich war so hundemüde, dass ich kaum mehr laufen konnte.

Schwach erinnere ich mich, dass ich am Abend eine weitere ausgiebige Mahlzeit aß – und dass ich zusah, wie Louie scheinbar ein ganzes Hähnchen verschlang: Knochen und alles, Berge von Kartoffelbrei, Bratensoße, Brötchen und zum Nachtisch

Kuchen mit frischer Schlagsahne. Aber ich war so müde, dass die Dinge ineinander verschwammen und ich nicht mehr scharf sehen konnte.

Nach dem Abendessen, das mir wie die zehnte Mahlzeit an diesem Tag vorkam, das aber in Wirklichkeit erst die sechste war, setzten sich alle in die Ess- und Wohnecke. Eine Wanduhr tickte, und es dauerte nicht lange, da sank mein Gesicht auf den Tisch, und ich schlief ein. Ich konnte die Augen einfach nicht mehr offen halten.

»Der Arme«, sagte Clair. »Er ist ein bisschen erschöpft ...«

Ich spürte, wie mich jemand hochhob, ich roch Knutes Tabak, ich wurde die Treppe hinaufgetragen und in Klamotten auf mein Bett gelegt. Ich strampelte Schuhe und Hose ab, und während ich mich im Dunkeln ausstreckte, drehten sich die Ereignisse in meinem Kopf.

Ich war in die Hoden getreten und auf den Kopf geschlagen worden, hatte die Zentrifuge angekurbelt, bis mir fast die Arme abfielen, war knapp dem Angriff eines verrückten Hahns entgangen, hatte in einem Tümpel voll Scheiße Kommie-Japsen-Schweine bekämpft, mich auf eine verlustreiche Beziehung zu einem Luchs einlassen müssen, achtzehn oder zwanzig Mahlzeiten gegessen und geholfen, zu weiß Gott welchem Zweck Mäuse zu fangen.

Und ich war erst einen Tag hier.

Ich versuchte, die Augen zu öffnen. (Ich hatte gehört, wie Harris ins Zimmer kam, und ich musste einfach die Antwort wissen, ich hätte sterben können vor Neugier: Warum brauchte Louie die Mäuse?) Aber es war schlicht unmöglich. Meine Augen ließen sich nicht mehr öffnen, eine Welle von Müdigkeit überrollte mich wie ein geräuschloser Zug.

6. KAPITEL

In dem ich noch mehr über Physik lerne, einschließlich parabolischer Flugbahnen, und in dem ich den Wert der Literatur begreife

In der ersten Woche bildete sich ein Tagesrhythmus heraus, der mich durch meinen ganzen Sommer mit Harris und den Larsons begleiten sollte: im Stockdunkeln aufstehen, Louie beim Essen zusehen und versuchen, mitzuhalten und etwas zu ergattern, beim Melken helfen – dabei unterwegs zum Stall aufmerksam nach Ernie Ausschau halten –, nach dem Melken wieder essen und danach in Schwierigkeiten geraten.

Nicht, dass wir Schwierigkeiten gesucht hätten, Harris und ich. Im Gegenteil, Wörter wie Probleme oder Schwierigkeiten existierten für uns überhaupt nicht. Es war eben nur so, dass vieles von dem, was wir gern tun wollten – vielleicht sogar *alles*, was wir tun wollten –, irgendwie zu Verwicklungen führte, mit denen wir nicht gerechnet hatten.

Ein gutes Beispiel dafür ist das Problem, das sich aus dem Comic *Tarzan der Affenmensch* ergab.

Zu meinen Schätzen gehörte außer den »smussigen Bildern« eine reichhaltige Sammlung von Comicheften. Manche davon waren nicht so besonders. Zum Beispiel gab es da zwei Captain-Marvel-Comics, die ich nicht gut fand. Doch unter den besseren, wie Superman, etlichen guten Donald-Duck-Heften und einer Reihe richtig guter Kriegscomics, gab es einen absoluten Spitzenreiter, eine Tarzan-Extraausgabe mit einer Geschichte über Tarzan, wie er im versunkenen Land der Dinosaurier einen Triceratops reitet und ihn zum Gehorsam zwingt, indem er ihn mit einem Stock seitlich ans Maul schlägt.

Harris teilte meine Begeisterung für Comics. Dieses Interesse würde wahrscheinlich etwas nachlassen, wenn er erst meine »smussigen Bilder« sähe. Am Ende der ersten Woche hatte er sie aber noch nicht entdeckt, sondern nur die Comics samt *Tarzan der Affenmensch*. Er konnte nicht so gut lesen wie ich, aber es ging einigermaßen, und zudem lieferten ihm die Bilder genügend Informationen, um alle Lücken zu füllen.

»Das war vielleicht ein Kerl!«, schwärmte er und schloss das Comicheft. Wir saßen im offenen Scheunentor. Ich hielt gründlich Ausschau nach Ernie, den ich schon länger als eine Viertelstunde nicht gesehen hatte – normalerweise eine sehr üble Situation. Ich hatte inzwischen schon mehrere Angriffe von Ernie abwehren müssen, den schlimmsten draußen im Klohäuschen. Das Klo war ein Stück vom Haus entfernt und lag zum Fluss hin, man konnte die Tür also offen lassen. Ich fand es lustig, einfach so dazusitzen und über den Fluss zu schauen, während ich mein Geschäft erledigte. Ernie hatte sich um die Ecke geschlichen und auf mich gestürzt, als ich gerade beim – also, ich sage mal, zum Glück saß ich gerade auf einem Klo, als es passierte. Während des folgenden Kampfes, bei dem es für mich eigentlich nur darum ging, lebendig rauszukommen, hatte das Klohäuschen ausgesehen wie unter Artilleriefeuer.

Von da an passte ich auf wie ein Schießhund und ging nie mehr über den Hof, ohne eine Holzlatte mitzunehmen. Auch jetzt war ich mit einer bewaffnet.

»Er scheint nie den Boden zu berühren ...«

»Was?«

»Tarzan«, erklärte Harris. »Der berührt nie den Boden. Schwingt sich einfach an irgendwelchen Ranken durch die Bäume. Wenn er nicht gerade auf so einem Monsterdingsbums reitet ...«

»Triceratops.«

»... egal. Jedenfalls berührt er nicht den Boden, oder?«

Ich dachte darüber nach. »Mhm, sieht so aus.«

»Müsste doch eigentlich ein schönes Leben sein,

sich einfach so durch die Luft zu schwingen. *Hmmmm.*«

Und darin lag Harris' einzigartige Begabung – er hielt alles für echt. Ging er auf die Schweine los, waren es für ihn keine Schweine, es waren Kommie-Japse, was immer er sich darunter vorstellen mochte.

Las er ein Tarzanheft, dann war das nicht einfach eine erfundene Geschichte. Es war Wirklichkeit. Er dachte in realen Bezügen in einer realen Welt in realer Zeit. Die einzige Ausnahme erlebte ich, als ich herausfand, warum Louie die Mäuse haben wollte.

Am Tag nachdem wir gemäht und Mäuse gefangen hatten, hatte ich Harris gefragt, wozu Louie sie brauchte.

»Für Mäntel«, sagte er. »Kleine Mäntel.«

»Mäntel?«

»Am besten, ich zeig's dir. Komm mit.«

Er hatte mich zur Scheune geführt. Im unteren Raum des Gebäudes standen hölzerne Vorratsbehälter mit Hafer und Gerste, einige auch mit Weizen. Der Raum hatte eine rohe Holzdecke, und darin war nahe der Seitenwand eine Luke, durch die man über eine primitive Leiter in den oberen Raum gelangte. Harris kletterte wie ein Affe hinauf, ich folgte ihm und hatte keine Ahnung, wohin er mich führen könnte.

Oben war eine große, freigeräumte Fläche, in deren Mitte ein riesiger Holztisch auf dicken klobigen Beinen stand – gut drei mal drei Meter groß.

»Siehst du?«, sagte Harris. »Dafür braucht Louie die Mäuse ...«

Der Tisch war über und über mit kleinen geschnitzten Figuren bedeckt. Zuerst begriff ich nichts. Da gab es Männer und Pferde, kleine Blockhütten und kleine Bäume und Pferdegespanne, die mit Baumstämmen beladene Schlitten zogen.

»Es ist ein Holzfällerlager im Winter«, sagte Harris. »Louie schnitzt immer wieder neue Sachen dafür.«

»Wow!« Es war unglaublich. Dutzende, *Hunderte* kleiner Männer waren mit den verschiedensten Arbeiten beschäftigt, manche fällten kleine Bäume mit Äxten und kleinen Zweimannsägen, andere bauten kleine Blockhütten, lenkten kleine Schlitten oder saßen in kleinen Klohäuschen. Jedes Pferd hatte graues Fell, und viele der Männer trugen graue Pelzmäntel.

»Er zieht den Mäusen das Fell ab, um für diese Figuren Mäntel und Pferdefelle zu machen?«, fragte ich.

»Genau. Ganz schön raffiniert, was?« Er schüttelte den Kopf. »Sind ja nur so kleine Schnitzereien. Ich glaube, Louie macht das, weil er Würmer im Hirn hat. Die hat er sich eingefangen, als er oben im

Sumpfland Entwässerungskanäle gegraben hat, als er jung war. Deshalb macht er das – sind natürlich nicht echt. Alles bloß Figuren aus seiner Einbildung.«

Es war das Einzige, was Harris nicht für echt hielt. Ich dagegen war fasziniert von Louies Traumwelt. Seither war ich schon mehrmals wieder auf den Scheunenboden gestiegen, hatte mir die Ausstellung auf dem Tisch angeschaut und trotzdem noch nicht alles gesehen. Auch jetzt dachte ich wieder daran, hinaufzuklettern und alles noch einmal zu betrachten, aber da fiel mir auf, dass Harris den Farmhof plötzlich mit neuem Interesse musterte.

Ich war noch nicht lange da, aber ich wusste inzwischen, dass dieser gewisse Blick, dieser, wie mir schien, leicht nach oben gezogene rechte Augenwinkel, der ihm einen fast koboldhaften Gesichtsausdruck verlieh, bedeutete, dass Harris eine neue Idee ausbrütete. Manchmal waren es gute Ideen, oftmals schlechte, nie aber langweilige, und es schien immer lohnenswert, sich damit zu befassen.

»Was guckst du denn so?«

»Ich überlege nur«, sagte er, »was Tarzan gemacht hätte, wenn er auf einer Farm gelebt hätte.«

»Ich glaube nicht, dass er ...«

»Meinst du, hier hätte er den Boden berühren müssen?«

»Ich kann mir nicht vorstellen, wie er ...«

»Oder meinst du, er hätte sich durch den ganzen Hof schwingen können, ohne einen Fuß auf die Erde zu setzen?«

Er sprang auf, lief hinter die Scheune und das Hühnergehege, kam schon nach wenigen Augenblicken zurück und brachte ein dickes Hanfseil angeschleppt – mir kam es vor, als wäre es fast einen Kilometer lang.

»Ich hab's mir mal angeschaut«, sagte er und ließ das Seil vor mir auf den Boden fallen. »Und mir scheint, dass ein Mensch es von der Scheune bis zum Heuboden schaffen könnte, ohne die Erde zu berühren. Und dann von dort bis zu dem Heutrockenständer rüber. Wir binden das Seil einfach an den Ast von der Ulme hier und an den Eichenast dort. Siehst du? Und wenn wir bei dem Heuständer sind, da gibt's sogar eine Stelle, von der aus wir uns bis über den Fluss schwingen können, wenn das Seil so weit reicht.«

Ich sah das Seil an. Es kam mir uralt vor, so alt, dass sich schon Schimmelpilze und Mehltau darauf bildeten. »Also, ich weiß nicht ...«

»Ach komm, was muss man da groß wissen. Ich klettere auf die Ulme, du wirfst mir das Seil rauf, und schon geht's los.«

Im Nu war er weg, und bevor ich ihm sagen

konnte, dass sich das Seil meiner Meinung nach gleich auflösen werde, war er schon halb auf dem Baum.

»Los jetzt – wirf mir das Seil rauf!« Er hatte sich auf einem Ast ein Stück nach vorn geschoben und gab mir Zeichen. Mir schien, er säße meilenweit über mir, und ich musste das Seil mehrmals werfen, bevor er es auffing. Es dauerte nicht lange, da hatte er es mit acht oder neun Knoten am Ast befestigt, dann ließ er es vom Baum fallen und kletterte daran herunter.

Ich testete das Seil erst vorsichtig, dann hängte ich mich mit meinem ganzen Gewicht daran. Es hielt, gab aber in sich nach, federte leicht.

»Hier! Halt du's, und wenn ich auf dem Dach von der Scheune bin, dann wirf's rauf.«

»Wie willst du denn auf das Scheunendach kommen?«, fragte ich, aber er war schon weg. Eine Staubwolke stieg hinter ihm auf, als er zur Scheune rannte und darin verschwand.

Im Nu tauchte er an dem Fensterchen in der Dachspitze wieder auf. Es ließ sich nach innen aufklappen. Er nahm die Scheibe vollends heraus, strampelte und zappelte in der Öffnung herum, bis er halb drin und halb draußen war, dann drehte er sich um, streckte den Arm, fasste nach dem Firstbalken und hangelte sich hinauf.

»Gib mir das Seil!«

Ich ließ das Seil ein paarmal schwingen, und endlich gelang es mir, es so hoch zu werfen, dass er danach greifen konnte.

»Es soll so gehen, dass ich mich von hier zur Heubodenluke im Stall schwinge und mich drinnen ins Heu fallen lasse.«

Oben in der vorderen Stallwand gab es eine große Öffnung, durch die der Heuvorrat für den Winter auf den Heuboden befördert wurde. Die Öffnung war etwa zwei Meter breit und die große Tür in offener Stellung festgebunden, damit der Heuboden belüftet wurde. Drinnen lag noch altes Heu vom letzten Winter.

»Bist du sicher, dass du das machen willst?«, rief ich hinauf.

»Kannste Gift drauf nehmen. Und sobald ich gesprungen bin, probierst du es.«

Auch wenn ich Harris bereitwillig helfen würde, so war ich doch ziemlich entschlossen, dass mich nichts auf der Welt zu einem solchen Versuch bringen würde.

Er hatte sich langsam aufgerichtet, schwankend, die bloßen Füße um den Dachfirst geklammert, und hielt das Seil in Händen. Ich schätzte den Schwung ab, der nötig wäre, um ihn bis zur Heubodenluke zu tragen, und trotz einer letzten Spur von Zweifel nickte ich ihm ermutigend zu. Im Grunde genommen traute ich ihm die Sache durchaus zu.

Und doch hatten sich bereits mehrere Fehler eingeschlichen, die Harris' Ziel ändern sollten. Wind, Luftfeuchtigkeit, Erdumdrehung, Elastizität eines alten Seils und Biegsamkeit eines Ulmenastes – all diese Punkte waren in den Berechnungen nicht berücksichtigt worden. Aber schlimmer, weit schlimmer, war, dass ich meine Bretterwaffe beiseitegelegt hatte und keiner von uns beiden mehr an Ernie dachte.

»Was sagt er immer?«, schrie Harris vom Dach herunter.

»Wer?«

»Tarzan, du Trottel. Sagt er nicht immer was, wenn er sich so durch die Gegend schwingt?«

»Er hat da einen bestimmten Schrei.«

»Und wie geht der?«

Ich stieß einen Tarzanschrei aus, zumindest eine Variante davon. »So ungefähr.«

»Beim Start?«

»So steht's in den Comics.«

»Also dann!«

Er gab einen Tarzanschrei von sich, und ohne auch nur mit der Wimper zu zucken, ließ er sich an einem halb verrotteten Hanfseil baumelnd vom Scheunendach fallen.

Später, als alles vorbei war, stritten wir uns über verschiedene Aspekte seines Tarzansprungs. Wie weit er war, wie groß die Abweichung zum Ziel, wie genau Harris geplant hatte und wie viel unglücklicher Zufall dabei war (ich fand, alles). Einer der Hauptstreitpunkte hatte mit dem Schrei zu tun.

Harris behauptete, es sei ein echter, historisch verbürgter Tarzanschrei gewesen, den er bei seinem Sprung vom Dach ausgestoßen habe. Ich dagegen war der Meinung, sein Schrei habe sich im Augenblick des Abhebens in einen Schreckensschrei verwandelt, und diese Tatsache, zusammen mit Ernies hitzigem Temperament, sei der Grund für meine eigene plötzliche Beteiligung gewesen.

Im Rückblick gab es jedenfalls keinen einzelnen Punkt, weshalb die Sache schiefging, sondern viele kleine Katastrophen, die schließlich in der einen großen mündeten.

Ernie hatte sich unter dem Mähdrescher versteckt. Ich stand mit dem Rücken zu ihm, ein paar Meter neben Harris' Flugbahn, nicht weit von dem lauernden Ernie entfernt.

Als Harris zum Schwung ansetzte, witterte Ernie seine Chance. Er sah, dass ich mein Brett weggelegt hatte und dass meine ganze Aufmerksamkeit Harris galt.

Genau in dem Moment, als sich Harris vom Dach

stürzte, sprang Ernie mir auf den Hinterkopf und stieß mich fast in Harris' Bahn. Die Elastizität des Seils und die mangelhafte Zielgenauigkeit taten den Rest. Harris kam vom Kurs ab, gerade so viel, dass er mit mir und Ernie, der immer noch auf meinem Kopf saß und seine Krallen in meinen Haaren vergrub, zusammenprallte. Ich griff nach Harris – ich hätte in diesem Augenblick alles ergriffen, um mich vor Ernie zu retten – und klammerte mich an ihm fest. Die Schwungkraft des Seils riss mich und den auf mir sitzenden Ernie mit in Richtung Heuboden.

Es hätte der Heuboden sein sollen. An diesem Punkt kommt nun die schlechte Planung ins Spiel. Harris war von Anfang an leicht nach links abgedriftet. Mein Gewicht und der zusätzliche Luftwiderstand verschärften diesen Linksdrall, Ernies Zappeln und Flattern kamen hinzu, sodass wir alle ein gutes Stück von der berechneten Flugbahn zum Heuboden abgekommen waren, ja, dass wir haargenau auf die Schweineställe zuflogen.

Beinahe hätte das Seil gehalten. Da waren wir hinterher einer Meinung. Und mit Harris allein hätte es ganz bestimmt gehalten. Weil ich aber an Harris hing, musste es das doppelte Gewicht aushalten.

Beim Aufwärtsschwung segelten wir dann – Harris, Ernie und ich – direkt auf die Schweineställe und die inzwischen in Panik geratenen Säue zu.

Und da riss das Seil.

Durch den Schwung und die Erdanziehungskraft landeten wir mit solcher Wucht, dass mir glatt ein Pups entfuhr und dass sogar Ernie für einen Moment schockiert schien. Eine Wolke aus Schlamm und Schweinescheiße spritzte auf, aber nach meiner früheren Erfahrung hatte ich diesmal vorausschauend Augen und Mund geschlossen.

Unser plötzliches Erscheinen ließ die Schweine nicht vor Schreck erstarren. Sie rannten wie wild über uns hinweg, über uns zurück, wieder über uns hinweg und spielten anscheinend mit dem Gedanken, dieses Gerenne beizubehalten, da hörte ich:

»Komm her, du Monster!«

Aus dem Augenwinkel sah ich, wie Harris, der sich nie eine günstige Gelegenheit entgehen ließ, einer der Säue seitlich gegen die Schnauze schlug und sich auf ihren Rücken schwang. Während ich mich unter einem neuen Ansturm trampelnder Schweinefüße duckte, dachte ich, er sieht wirklich fast aus wie Tarzan auf dem Triceratops – das heißt, wenn Tarzan zerrissene Latzhosen getragen hätte und von Kopf bis Fuß voll Schweinescheiße gewesen wäre.

7. KAPITEL

In dem ich mit der Stadt in Berührung komme sowie mit dem Reiz der Leinwand und der Verlockung von Orangenlimonade

Die Sommertage gingen in Sommerabende über, an denen das Haus von Glühwürmchen und Fliederduft umgeben war, und die Nächte mündeten wieder in Tage, an denen der Farmhof für uns zum Universum wurde. Jede Vorstellung einer Außenwelt verlor sich in den endlosen Spielen und neuen Ideen, die Harris sich einfallen ließ.

Doch nach zwei Wochen – und das war so lange, dass andere Teile meines Lebens fast in Vergessenheit gerieten und ich gern hier war und immerzu spielte – nach zwei Wochen gab es eines Tages eine Abweichung von der Routine.

Erst lief alles ab wie immer. Aufstehen, Ärger mit Ernie, beim Melken helfen und dann in Schwierigkeiten geraten.

In diesem Fall kam es dazu, als wir »Rote Indianer« spielten, so jedenfalls nannte es Harris.

Es ist wichtig, wie eine Sache genannt wird. Ich

hatte in den verschiedenen Städten, in denen ich gelebt hatte, schon oft »Cowboy und Indianer« gespielt, auf den Philippinen häufig auch »Krieg«, und für beide Spiele hatte ich mir Abläufe und Regeln zurechtgelegt. Beim Kriegspielen war man immer der Held, siegte immer und war großzügig zu seinem Feind – sofern er noch am Leben war. Bei »Cowboy und Indianer« war man immer der Cowboy, siegte immer – normalerweise mit möglichst viel Schießerei – und rettete dabei oft jemanden.

Anders als ich hatte Harris nie viele Kinder zum Spielen gehabt und musste sich deshalb eigene Regeln ausdenken.

Bei seiner Variante gab es zum Beispiel keine Cowboys. Das stellte schon mal ein Problem dar, weil ich einen sechsschüssigen silberbeschlagenen Revolver dabeihatte (genau genommen war es Chrom). Zum Kriegspielen hatte ich ihn nie benutzt, weil er dafür die falsche Waffe war, doch unbestreitbar machte er mich zum König der Cowboys. Der Revolver lag zusammen mit den Bildern in meinem Pappkarton unter dem Bett. Ich schlug vor, ihn zu holen, aber Harris blieb hartnäckig.

»Nein. Cowboys sind nie welche dabei. Nur rote Indianer. Und gewinnen tun nur die roten Indianer, sonst keiner.«

Diese Vorstellung war mir neu, aber ich war bereit, mich probehalber darauf einzulassen, solange ich nicht verlieren musste. Immerhin war ich bei Ernie und den Schweinen in letzter Zeit oft genug der Verlierer gewesen.

»Was machen wir also?«

»Wir liegen im Hinterhalt«, erklärte Harris, »und schießen alles kurz und klein.«

Ich kurbelte meine Fantasie an und überlegte, auf welche Weise ein roter Indianer zu einem sechsschüssigen silberbeschlagenen Revolver kommen könnte – vielleicht ließe sich was mit Tauschhandel und Ponys einbauen. Aber Harris schüttelte wieder den Kopf.

»Nie im Leben hat man einen roten Indianer mit einem silbernen Revolver gesehen!«

»Womit schießen wir dann? Mit den Fingern?«

Bei dieser Gelegenheit lernte ich, Harris nie, aber auch niemals zu unterschätzen.

Er ging mit mir zur Rückseite der Scheune. Dort war vor vielen Jahren einmal ein Hühnerstall gewesen. Er war eingefallen und halb verrottet, und an der Stelle, wo der Hühnerhof gewesen war, wuchsen jetzt Weiden. Gedüngt durch den Hühnerkot, hatten sie sich überall ausgebreitet und bildeten ein ganzes Dickicht kerzengerader Äste, so dicht, dass man sich kaum hindurchzwängen konnte. Es gab sie in allen Größen, manche dünn wie ein kleiner Finger, andere bis zu zwei Zentimeter dick.

Aus einem Versteck am Boden dicht an der Scheunenrückwand zog Harris ein Schlachtermesser hervor. Es war Clairs bevorzugtes Fleischmesser – noch an diesem Morgen hatte sie sich gewundert, wo es sein könnte –, und als ich es sah, ahnte ich, dass Harris das Rote-Indianer-Spiel schon gestern geplant haben musste. Clair würde das Messer nicht gern in Harris' Händen sehen, auch sonst nichts mit scharfen Kanten oder Spitzen. Davon war ich fest überzeugt, und das sagte ich ihm.

»Gibt eben verdammt noch mal zu viel auf der Welt«, sagte er.

»Zu viel was?«

»Regeln. Du brauchst dich bloß umdrehen, schon kannst du was nicht kriegen oder darfst du was nicht tun. Ich will dir mal was sagen« – er sah mich an und fuchtelte mit dem Schlachtermesser –, »du hast ja wohl noch nie im Leben einen roten Indianer gesehen, der sich an Regeln hält, oder?«

Was vielleicht stimmte. Aber höchstwahrscheinlich hatte auch noch nie ein roter Indianer Clairs Fleischmesser geklaut und hinter der Scheune versteckt, dachte ich. Aber ich sagte nichts mehr.

Harris kämpfte sich in das Weidendickicht und schnitt Ruten ab. Die dickeren wurden zu Bogen, die dünneren zu Pfeilen. Mehr als eine Stunde hatten wir zu tun, um die Weiden zu entrinden, die

Bogen mit derben Fäden aus Sackleinen zu bespannen und die Pfeile leichter zu machen, indem wir auch an ihnen die Rinde abschälten.

Dann spitzten wir die Pfeile an – wir hatten jeder sechs Stück – und waren nun gerüstet für Harris' Plan: aus dem Hinterhalt alles kurz und klein zu schießen.

In diesem Punkt unterschieden sich unsere Vorstellungen erheblich. Ich dachte, er meine, auf irgendwelche *Dinge* zu schießen. Mir genügte es, auf Erdbrocken zu schießen, auf Heuhaufen oder Pferdeäpfel und nur so zu tun, als wären es Siedler, Cowboys oder berittene Truppen.

Harris dagegen brachte die Sache auf eine realistische Ebene und war auf lebende Objekte aus – Kühe, Pferde und Schweine.

Ich zögerte. Ein solches Vorhaben ging eindeutig über das Erlaubte hinaus, und wenn wir mit Pfeil und Bogen auf die Tiere losgingen, würden wir schnell die Erwachsenen auf der Pelle haben. Das versuchte ich Harris klarzumachen, und zwar mit einleuchtender Logik, wie ich fand.

»Die sehen uns doch gar nicht«, sagte Harris energisch. »Wir liegen im Hinterhalt.«

Er überzeugte mich. Nicht sofort, aber ganz allmählich dämmerte auch mir der Vorzug seiner Spielvariante. Die Wahrheit war, ich hatte zwei erbitterte

Feinde auf der Farm. Der eine war Vivian, die mir die Hoden bis in die Nähe der Mandeln getreten und den Kopf zwischen die Schultern gedrückt hatte. Ich zuckte immer noch zusammen, wenn ich daran dachte. Der zweite Todfeind war natürlich Ernie.

»Rote Indianer« zu spielen und sich Feinde vorzustellen wäre schon in Ordnung, dachte ich, trotzdem, wie viel besser wäre es, dabei auf echte Feinde zu schießen!

Wir versteckten uns.

Harris schlich voran, ich folgte ihm und wartete insgeheim auf meine Chance, einen Schuss auf Ernie abzugeben oder auf Vivian, die auf der Weide hinter dem Stall war.

Harris schoss auf die Säue. Ich schoss auf die Säue. Die Pfeile prallten von ihren Körpern ab, ohne sie zu verletzen, aber sie quiekten immerhin und reagierten auch sonst wie überrumpelte Soldaten, die aus dem Hinterhalt überfallen worden waren.

Harris schoss auf ein Huhn. Ich schoss auf ein Huhn. Wir schossen beide daneben – Hühner sind viel kleinere Soldaten als Schweine –, und trotzdem preschten wir unbeirrt zur Stallrückseite vor. In der Hoffnung auf einen Schuss auf Ernie behielt ich den hinteren Ausgang scharf im Auge, und gerade als ich mich umdrehte, sah ich, wie Harris blitzschnell einen Pfeil abschoss.

An der Ecke des Stalls war etwas Graues gewesen, ein kleiner Fellfleck nur, nicht viel größer als meine Hand, so klein, dass Harris eigentlich hätte daneben schießen müssen. Aber er reagierte instinktiv, und diese Reflexhandlung führte zum Erfolg.

Diesmal hatte er perfekt getroffen. Die Pfeilspitze drang in das Fell ein, wir hörten ein Kreischen wie von einer Million Fingernägeln, die über eine Tafel kratzen, und gleichzeitig starrten so ungefähr fünfzig Pfund mordswütender Luchs um die Ecke und direkt in Harris' Augen, in seine Seele.

»Oh ...«, konnte er gerade noch sagen. »Fetzer! Nein, Fetzer! Das tut mir leid, Fetzer. Tut mir ehrlich leid! Fetzer, nein! Bitte nicht, Fetzer ...«

Er hatte den Bogen weggeworfen, rannte über den Hof und versuchte, die Scheune oder das Haus zu erreichen. Welches von beiden, spielte aber keine Rolle, weil Fetzer in drei Sätzen auf ihm war und beide sich in einer Staubwolke kreischend auf dem Boden wälzten.

»Er bringt mich um!«, brüllte Harris. »Hilfe!« Überall waren Arme, Beine und Ohren mit Haarbüscheln.

Ich hatte Angst um Harris – wenn ich auch inzwischen der Überzeugung war, dass er durch nichts umzubringen sei –, aber Fetzer wollte ich trotzdem nicht in die Quere kommen. »Fetzer!«, rief ich. »Fetzer, lass das sofort sein ...«

Was natürlich null Wirkung hatte. Der Kampf tobte unerbittlich weiter, und ich weiß wirklich nicht, was am Ende dabei herausgekommen wäre. Plötzlich aber öffnete sich die Fliegengittertür am Haus, und da stand Clair, die Hände in der Schürze vergraben.

»Harris! Hör jetzt auf, mit Fetzer zu spielen, und komm rein – wir müssen uns fertig machen für die Stadt.«

Das ließ Fetzer innehalten. Der Staub legte sich, und da stand der Luchs auf Harris, sah mit zufrieden wackelndem Stummelschwanz zu Clair hin und spuckte Stoffschnipsel von der Latzhose aus.

»Runter von mir, du Teufelsbraten«, sagte Harris. »Hast du nicht gehört? Wir müssen rein ...«

Er wälzte sich unter Fetzer hervor und stand auf Seine Latzhose war von oben bis unten zerrissen, und er blutete aus mindestens einem Dutzend Kratzwunden, schien aber immerhin noch ganz. Er rannte auf das Haus zu. Ich machte einen Bogen um Fetzer, der ein letztes Mal zischte und dann wieder zum Stall stolzierte, und ging hinter Harris her.

»Wird getanzt oder so was, Ma?«

Harris stand vor dem Ausguss, wo Clair gerade kaltes Wasser in einen Topf mit dampfend heißem Wasser pumpte, um es abzukühlen.

»Ja. Für die Halversons wird ein Tanzvergnügen und eine Party veranstaltet. Als Hilfe für ihren Wiederaufbau. Ihr Haus ist abgebrannt.«

»Gibt's auch eine Filmvorführung?« Die tragische Nachricht von den Halversons schien Harris nicht sehr zu erschüttern. »Kriegen wir einen Film gezeigt?«

Sie lächelte und nickte. »Ich denke schon, ja.«

»Kriegen wir Limonade?«, fragte er weiter. »Zur Filmvorführung müssen wir doch Limonade kriegen, oder?«

Darauf gab Clair keine Antwort, stattdessen drückte sie seinen Kopf über den Ausguss und fing an, ihn auf die gleiche Art und Weise zu säubern, wie sie oder Glennis nach dem Melken die Teile der Zentrifuge säuberten: Sie goss heißes Wasser auf eine Stelle und rubbelte mit einer harten Bürste darauf herum, bis Harris schrie, ließ sich von seinem Gezeter nicht aus der Ruhe bringen, ignorierte sein lautstarkes Flehen um Gnade sowie seine hochkarätigen Kraftausdrücke – und nahm sich ungerührt die nächste Stelle vor.

Ich beobachtete die Szene und verschwendete keinen Gedanken daran, dass mir das gleiche Schicksal blühen könnte. Als Harris fertig war – im wörtlichen wie im übertragenen Sinn –, wandte sich Clair an mich.

»Halt deinen Kopf über das Becken, mein Lieber, du siehst aus, als hättest du im Mist gebadet.«

Ich gehorchte und verstand augenblicklich, warum Harris so geschrien hatte. Die Borsten waren wie Nägel. Clair bearbeitete jede Spalte auf meinem Kopf, drang in jede Öffnung ein, übergoss mich zwischen den einzelnen Rubbelattacken mit kochend heißem Wasser, bis ich das Gefühl hatte, meine Haut wäre gar nicht mehr vorhanden.

»So«, sagte sie und schüttete das Wasser aus dem Topf in den Ausguss. Es war so rot und so dreckig wie Mississippiwasser. »Jetzt bist du sauber. Wenn wir mit der Arbeit fertig sind, wollen wir fahren. Macht euch also nicht mehr schmutzig und zieht euch nach dem Melken um.«

Harris sprintete aus der Tür, sprang von der Veranda ins Gras, rannte tänzelnd im Kreis, als säße er auf einem Pferd. »Vielleicht zeigen sie den mit Gene.«

»Wovon redest du?« Mir tat von der Schrubberei noch alles weh, und ich tastete rechts und links an meinem Kopf, ob noch beide Ohren dran wären.

»Gene Artery, du Blödmann. Hast du nicht gehört, was Ma gesagt hat? Sie wollen einen Film zeigen. Es gibt nur drei Filmvorführungen auf der Welt, und eine davon ist mit Gene Artery.«

»Du meinst Gene Autry?«

»Genau. Er läuft rum, schießt auf irgendwas und trifft *immer.* Musst du unbedingt sehen. Der kann einem Typ glatt das Gewehr aus der Hand schießen! Und nie ein Fehlschuss. Mann, ich hoffe so, dass es die Gene-Artery-Vorführung ist! Ich hab sie erst fünfzehn- oder zwanzigmal gesehen, und jedes Mal wird sie besser. Er hat immer so einen Dicken dabei, einen Kerl, der dämlicher ist als ein Pumpenschwengel und der andauernd Scherereien kriegt. Ich versteh nicht, wie der von einer Vorführung zur nächsten am Leben bleibt ...«

»Es ist ein Kinofilm.«

Harris starrte mich an.

»Er ist nicht jedes Mal neu. Sie drehen ihn nur ein Mal, und dann wird er überall gezeigt.« Gene-Autry-Filme hatte ich schon oft gesehen, auch welche mit Roy Rogers und ein paar Kriegsfilme.

Er schnaubte verächtlich. »Na klar! Du denkst wohl, ich bin so blöd wie dieser Dicke? Himmel, Arsch und Zwirn, man kann doch *sehen,* wie sie sich bewegen! Oder meinst du etwa, ich weiß nicht, was echt ist und was nicht?«

Er verstand es einfach nicht, und ich hätte es ihm gern näher erklärt, nur war mir das Ganze selber ein bisschen nebulös. Ich wusste zwar Bescheid über Filme und so, aber wie sie genau gemacht wurden, das war mir nicht hundertprozentig klar – jedenfalls nicht klar genug, um einen Haufen Fragen dazu beantworten zu können. Außerdem war mir ein weiterer Gedanke gekommen, der mich verwirrte.

Ich war sicher, dass wir uns hier mitten in einer großen Wildnis befanden. Auf der langen Fahrt mit dem Hilfssheriff hierher waren wir an keiner Stadt vorbeigekommen, auch nicht an einer Straße, die zu einer Stadt führte, und ich konnte mir um nichts in der Welt vorstellen, warum sie hier mitten im Wald ein Kino haben sollten.

»Wo werden die Filme denn gezeigt?«, fragte ich. Harris hatte Clairs Mahnung längst vergessen und spielte schon wieder im Dreck, wo wir ein paar alte eiserne Spielzeugfahrzeuge aufgestellt und eine kleine Farm gebaut hatten.

»An der Wand«, erklärte er. »Wo sonst? Weißt du eigentlich gar nichts?«

Da gab ich es auf. Ich würde es ja früh genug herausfinden, dachte ich.

Bis zum Melken dauerte es noch eine Stunde, unserem Gefühl nach eine ganze Woche, und danach eine weitere, bis wir mit Melken, Separieren, Essen und Umziehen fertig waren. Kaum hatte Harris sein Essen verschlungen – nicht ganz mit Louie Schritt haltend, aber doch fast –, rannte er hinauf und zog sich um. Im Nu kam er in einer sauberen Latzhose wieder herunter, noch immer ohne Hemd, ohne

Schuhe und, wie die offenen Knöpfe an der Seite zeigten, ohne Unterwäsche. Ich zog ein sauberes T-Shirt an, und als ich wieder in der Küche war, stellte ich fest, dass selbst Louie sich für diesen Anlass umgezogen hatte. Er trug ein anderes Hemd, kein sauberes, sondern ein anderes schmutziges (ich glaube, saubere Sachen gab es gar nicht in seiner Garderobe).

Knute, Clair und Glennis sahen ordentlich und sauber aus; Knute hatte ein frisch gebügeltes Arbeitshemd an, und mir fiel ein, dass ich gesehen hatte, wie Clair es vor zwei Tagen gebügelt hatte. Sie hatte das Bügeleisen auf dem Herd erhitzt und eine Stelle nach der anderen geplättet.

Knute trank noch eine Tasse Kaffee, dann nickte er wortlos, ging hinaus und führte sein Gefolge zum Truck.

Der Truck war alt, *wie* alt genau, ist und bleibt Spekulation. Ebenso, was er ursprünglich für eine Marke war. Er war mit so vielen verschiedenen Teilen so oft repariert und umgebaut worden, dass es sich um einen Ford, einen Dodge, sogar um einen Chevrolet hätte handeln können. Ob dies oder jenes, auf alle Fälle war der Truck ewig nicht benutzt worden, und Knute brachte ihn zum Laufen, wie es Jesus mit Lazarus in der Bibel getan hatte – eine Mischung aus Wunder und Schufterei.

Der Truck hatte keine Batterie, und wir sahen alle zu, wie Knute kurbelte, die Zündung ein bisschen in Gang brachte, wieder kurbelte, die Zündung ein bisschen mehr in Gang brachte und noch einmal kurbelte. Diesmal gab es einen solchen Rückstoß, dass er sich fast den Arm brach. Er fluchte wortreich – ich ahnte langsam, woher Harris seine Fähigkeit hatte –, wich zurück, kurbelte noch einmal, und dann sprang der Motor an mit einem Getöse, als würden die Kolben ausrasten.

Knute lächelte, und wir stiegen ein, Glennis, Clair und Knute vorn. Louie kletterte auf die Ladefläche und ließ sich, den Rücken zur Fahrerkabine, nieder. Harris und ich setzten uns neben ihn.

Ich hatte noch immer keine Ahnung, wohin wir fahren würden, aber weil sich alle so darüber freuten, ließ ich mich von ihrer Begeisterung anstecken.

»Wir ... nicht besonders oft in ... Stadt«, schrie Harris, und er musste aus Leibeskräften brüllen, um den Motorenlärm zu übertönen. Einen Schalldämpfer gab es nicht, und das Auspuffrohr war nur kurz. Es endete, wo Ladefläche und Fahrerkabine aneinandergrenzten, sodass wir im ungedämpften Motorenlärm saßen. »... Beste überhaupt! Besonders, wenn ... bei der Filmvorführung Limo ...«

Ich verstand ungefähr jedes dritte Wort. Wieder

und wieder musste er die Wörter in den Löchern seiner Sätze über den Motorenlärm hinweg nachschieben, und endlich gab er auf.

Am Ende der Farmzufahrt bog Knute nach rechts, und wir fuhren – *holperten* wäre das bessere Wort – über einen unbefestigten Weg, der kilometerlang durch den Wald führte.

Nach etwa einer halben Stunde kamen wir an eine Lichtung, vielleicht eine Meile breit, die auf die gleiche Art wie Knutes Farmland aus dem Wald herausgehauen war. Mitten auf der Lichtung standen vier Holzhäuser und ein hoher, mit Blech verkleideter Speicherturm mit einem Getreideaufzug. Ein Schienenstrang führte am Turm und an den vier Häusern vorbei.

Harris strahlte und verkündete mit weit ausholender Geste: »Die Stadt!«

Ich sagte nichts. Der Anblick erinnerte mich sehr an manch ein Dorf, das ich auf den Philippinen gesehen hatte: eine Ansammlung von verstreut liegenden Hütten mitten im Nichts.

Wir rumpelten über die Schienen, bogen auf einen vor den Häusern verlaufenden Weg und hielten vor einer Hütte mit Schindelwänden, die aussah, als würde sie jeden Moment in sich zusammenfallen. Sie hatte vorn und an den Seiten keine Fenster, aber eine offene Tür und eine primitive Holzveranda vor der Fassade. In ungelenken Buchstaben stand über der Tür gemalt:

HOLZFELLER – BAHR

Die anderen drei Gebäude sahen ähnlich aus, nur hatte eins von ihnen vorn ein Fenster mit einer Glasscheibe und war anscheinend ein Laden.

Ich verstand um nichts auf der Welt, was sie alle so aufregend daran fanden. Sechs oder sieben andere Trucks standen schon da, in keiner bestimmten Ordnung, sondern jeder dort, wo er eben gerade zum Halten gekommen war. Genauso machte Knute es nun mit unserem Truck, und als der Motor mit einem Keuchen verstummte, kam ein dünner Junge, etwa in meinem Alter, aus der Holzfäller-Bar auf die Veranda heraus. Er hatte eine Flasche Nesbitt-Orangenlimonade in der Hand. Kaum sah er unseren Truck, machte er auf dem Absatz kehrt und wollte wieder durch die Tür zurück.

Er war viel zu langsam.

»Hunsetter, du gemeiner Schuft!«, brüllte Harris und wälzte sich über die Seitenwand des Trucks. »Wo zum Teufel ist meine große Steinmurmel?«

Mit einem einzigen Satz war Harris auf dem Jungen gelandet. Orangenlimonade spritzte nach allen Seiten, als die beiden in einer Wolke aus Staub und

Flüchen über die Straße rollten. Ein Anblick, den ich von Harris allmählich gewöhnt war. Ich überlegte, ob ich ihm helfen sollte, ob ich einen Eimer Wasser holen oder sie besser mit einem Stock trennen sollte, da nahm mich Clair am Arm.

»Komm rein, mein Lieber. Die beiden kommen nach, wenn sie mit Spielen fertig sind ...«

Es wurde Abend, und in dem Raum war es düster – das einzige Licht kam durch die offene Tür –, und es dauerte einen Moment, bis sich meine Augen an das Halbdunkel gewöhnt hatten.

Nach einer Weile erkannte ich an der linken Seite des Raumes einen Tresen aus Brettern ohne Hocker davor und auf der rechten drei Tische mit Bänken anstelle von Stühlen. An der rückwärtigen Wand neben einer Tür, die ich für einen Hinterausgang hielt, war ein kleines Holzpodium. Zwei Geigenkästen lagen darauf und ein Akkordeon, so groß, dass es bestimmt von zwei Männern gespielt werden musste.

Der Raum war voller Menschen, alle in ihrer äußeren Erscheinung ähnlich wie wir: sauber, aber in groben Klamotten. Die Frauen in gestärkten Kleidern, die Männer in Overalls. Hier und da standen junge Leute beisammen, alle tranken Nesbitt-Orangenlimonade. Glennis und Clair winkten jemandem zu und gingen zu den Tischen hinüber, Knute und

Louie stellten sich neben andere Männer an den Brettertresen.

Ich kannte keinen Menschen, was mich aber im Moment nicht störte. Ich sah Louie zu.

Er trank genau so, wie er aß. Ein Mann hinter dem Tresen – auch er im Overall, obwohl er zu seinem Arbeitshemd eine Krawatte trug – gab Louie und Knute je eine große dunkle Flasche Bier. Knute trank einen Schluck und setzte dann seine Flasche ab, um sich mit dem Mann neben ihm zu unterhalten. Louie dagegen stierte vor sich hin, hielt die Flasche hochkant, schob sie weit in den Mund hinein und leerte sie mit einem Zug. Als er fertig war, leckte er die Flaschenöffnung mit der Zunge trocken.

Er stellte die Flasche auf den Tresen, und der Barkeeper brachte ihm eine neue. Louie machte das Gleiche noch einmal. Ich schaute zu, wie er auf diese Art immer weitertrank, bis ich auf einmal spürte, dass mich jemand am Ärmel zupfte. Ich drehte mich um, und da stand Harris.

»Ich hasse Schufte, die einem die Murmeln klauen ...«

Er sah ziemlich ramponiert aus, zerschrammt, dreckig und mit einem herunterhängenden Hosenträger, doch voller Stolz hielt er eine große Katzenaugenmurmel aus Achat hoch. Er ließ sie in seine Tasche fallen, ging zum Tresen und stellte sich neben Louie.

Ich folgte ihm und wollte gerade fragen, was er mit dem anderen Jungen gemacht habe, da sah ich ihn hereinkommen. Sein Zustand war schlimmer als der von Harris; er schien ein Bein nachzuziehen und nur einen Arm zu bewegen, blutete ein bisschen aus der Nase und war nicht weniger dreckig als Harris. Er ignorierte uns und stellte sich zu einer Gruppe von Erwachsenen.

Harris sah den Barkeeper an, wartete, und im nächsten Moment wurden zwei Orangenlimonaden über den Tresen geschoben. Geld ging nicht hin und her. Den ganzen Abend lang sah ich kein Geld, weder für Bier noch für Limonade, und ich dachte, die Getränke waren anscheinend umsonst, aber Harris klärte mich später auf.

»Es wird aufgeschrieben. Clel hat ein Notizheft, da schreibt er alles rein. Ich wär schon zufrieden mit der Hälfte von dem, was da drinsteht – jede Murmel der Welt könnte man sich davon kaufen.«

Wir standen am Ende des Tresens, nicht weit weg von Knute und Louie, die sich mit den anderen Männern über Pferde und die Ernte unterhielten. Jedenfalls Knute. Louie trank weiterhin Bierflaschen auf einen Zug aus, und zwar so schnell, wie Clel, der Barkeeper, sie heranschaffen konnte.

»Später pisst er sich in die Hosen«, verkündete Harris, der bemerkt hatte, dass ich Louie beobachtete. »Fließt oben rein und unten raus wie durch ein Rohr ...«

Es dauerte nicht lange, da lösten sich drei Männer aus dem Pulk der anderen, stiegen wortlos und ohne weitere Umstände auf das Podium und nahmen die Instrumente auf. Der kleinere wuchtete sich kurz aufstöhnend das Akkordeon vor die Brust, dann fingen sie zu spielen an.

Musik war es kaum zu nennen, es hörte sich eher so an, als würden im Innern einer Trommel Katzen miteinander kämpfen. Da es aber schön laut war und einen gleichmäßigen Rhythmus hatte, tanzten schon bald die ersten Paare.

Harris achtete nicht auf die Erwachsenen, sondern behielt mit unbeirrbarer Konzentration die Hintertür im Auge – oder das, was ich für die Hintertür hielt.

Wir hatten unsere Limonade ausgetrunken, und kurz nachdem Clel uns neue Flaschen hingestellt hatte, ging er hinter dem Tresen zielstrebig auf diese Tür zu.

»Komm!« Harris griff nach meinem Arm. »Wir müssen gute Plätze kriegen ...«

Es war kein Hinterausgang, sondern die Tür zu einem Lagerraum. Ich tappte hinter Harris her –

halb blind, weil es hier drin noch dunkler war als vorn – und konnte undeutlich einen Raum erkennen, an dessen Seitenwänden sich Bierkästen stapelten. Auf einem wackligen Holztisch in der Mitte stand ein alter Filmprojektor, und an die Wand war ein Bettlaken gehängt worden.

Harris zog mich in die Mitte des Raumes und schob als Sitze zwei Bierkästen heran, direkt neben den Projektor. Dann wartete er ungeduldig, seine Limoflasche mit beiden Händen umklammernd, bis Clel und ein Dutzend anderer junger Leute hereingekommen waren.

In dem schwachen Licht, das von der Tür herkam, ging Clel zu einem Kasten an der Seitenwand, in dem allem Anschein nach Autobatterien lagen, und klemmte zwei Kabel an die Anschlüsse. Der Lichtstrahl aus dem Projektor fiel grell auf das Laken.

Clel arbeitete schweigend. Während wir warteten, führte er das Band von der alten Filmspule mit etlichem Klicken und Rucken durch den Projektor und fädelte es in die leere Spule ein.

Dann drückte er auf einen Schalter, und der Projektor sprang an, lärmend und nicht unähnlich dem alten Truck, der uns in die Stadt gebracht hatte. Auf der Leinwand erschien ein Bild von Gene Autry – reitend und schießend.

Es wäre falsch, was wir da sahen, einen Film zu

nennen. Ich war damals schon in vielen Filmen gewesen und merkte sofort, dass mit diesem hier etwas nicht stimmte. Der Vorspann und vielleicht die ersten fünfzehn oder zwanzig Minuten fehlten ganz, waren nach jahrelangen Vorführungen schlicht abhandengekommen. Das Bild platzte gleich mitten in die Geschichte: Gene ritt auf seinem Pferd Champion und schoss auf jemanden. Und als die Filmspule durchgelaufen war, ungefähr eine halbe Stunde später, ritt er immer noch auf Champ und schoss auf jemanden. Es war zwar ein Tonfilm, aber da es hier keine Lautsprecher gab, lief er stumm ab und vermittelte deshalb keinerlei Vorstellung eines Handlungsablaufs, soweit er über Dialoge klar werden könnte. Der Film drehte sich ausschließlich um Gene, wie er ritt und auf jemanden schoss. Nur in einer Szene spielte er Gitarre und sang, und in einer anderen sprang er vom Dach eines Saloons auf Champ und ritt davon, entweder um irgendwelchen Männern aus dem Saloon zu entkommen oder um irgendwelche anderen Männer, die geflohen waren, zu verfolgen.

Dann war die Spule leer und die Bildfläche wieder grellweiß.

»Himmel, Arsch und Zwirn!«, schnaufte Harris. »Ich kann's auf den Tod nicht leiden, wenn's einfach so aufhört ...«

Wie auf ein Stichwort erschien Clel mit einem Holzkasten, in dem ein Dutzend Flaschen Orangenlimonade steckten. Er gab uns jedem eine, dann spulte er den Film zurück, ließ ihn von Neuem laufen und ging wieder in den vorderen Raum, in dem die Musik nun lauter und chaotischer wurde.

Die Kinder blieben alle sitzen und sahen sich den Film noch einmal an, so als würden sie ihn zum ersten Mal sehen.

Ich beugte mich zu Harris und flüsterte ihm ins Ohr: »Gibt's kein anderes Band?«

»Was?«

»Du weißt schon, ein Filmband. Gibt's keine Spule mit einem anderen Film?«

»Höchstens, wenn du die Nachrichten aus dem Krieg sehen willst. Die hat Clel auch, aber sie sind ziemlich kurz.«

»Nachrichten aus dem Krieg?« Der Zweite Weltkrieg war seit fast fünf Jahren vorbei.

»Ja, mit den Kommie-Japsen und so. Die kämpfen wie die Hunde da drüben. Aber so besonders ist das Band trotzdem nicht. Jetzt halt die Klappe und schau dir den Film an ...«

Er konzentrierte sich wieder auf Gene, und wir ließen die zweite Vorführung des Films über uns ergehen.

Als er durchgelaufen war, kam Clel wieder mit

Orangenlimonade, spulte das Band zurück und ließ es wieder von vorn los.

Und noch mal.

Und noch mal.

Beim vierten Durchgang hielt ich es nicht mehr aus und verließ, kurz bevor ich eingeschlafen wäre, das Hinterzimmer, um nachzusehen, was sich vorn inzwischen tat.

Der vordere Raum war von zwei von der Decke hängenden Petroleumlampen beleuchtet und von Rauch und Lärm erfüllt. Die Musik war noch lauter geworden, es roch nach Bier und Schweiß. An den Tischen saß niemand mehr, und es sah so aus, als seien alle verheirateten Paare wie Knute und Clair auf der kleinen freien Fläche in der Mitte und tanzten, während alle alten Männer wie Louie am Tresen standen.

Manche unterhielten sich, aber Louie trank stumm und auf die gleiche Art wie zuvor sein Bier – jedes Mal eine ganze Flasche in einem Zug. Er sah auch fast so aus wie zuvor, nur dass seine Augen jetzt einen glasigen Blick bekommen hatten. Nach einer flüchtigen Berechnung kam ich zu dem Ergebnis, dass er, wenn er die ganze Zeit in diesem Tempo getrunken hatte, inzwischen bei zwanzig oder dreißig Flaschen sein dürfte.

Ich sah genauer hin, und tatsächlich war es so

gekommen, wie Harris gesagt hatte: Louie hatte sich vollgepinkelt.

Ich wollte mich an einen der Tische setzen, um der Band zuzuschauen, und als ich am Ende des Tresens vorbeikam, erschien auf wunderbare Weise Clel und gab mir noch eine Orangenlimonade. Dabei fiel mir wieder ein, dass meine Blase kurz vor dem Platzen war. Im Haus gab es keine Toilette, deshalb machte ich mich auf den Weg zur Außentoilette; ich trat aus der Tür in pechschwarze Finsternis, fiel von der Veranda und hätte mir beinahe den Hals gebrochen und die Limoflasche zerdeppert.

Als sich meine Augen nach kurzer Zeit an die Dunkelheit gewöhnt hatten, erkannte ich, dass mehrere junge Leute in Paaren zusammenstanden, Händchen hielten und leise miteinander redeten. Ich brauchte eine Weile, bis ich das Häuschen fand, mein Geschäft erledigte und den Rückweg hinter mich brachte.

Danach setzte ich mich an einen Tisch, trank in kleinen Schlucken meine Limonade und sah den Leuten beim Tanzen zu. Nicht lange, da verlangsamte sich die Musik zu einem Walzer, und es wurde mir unmöglich, die Augen länger offen zu halten.

Ich legte den Kopf auf den Tisch und schloss sie – nur für einen Moment –, und schon schwappten alle Ereignisse des Tages über mir zusammen und schoben sich ineinander, und im Nu war ich fest eingeschlafen.

Ich weiß nicht, wie lange ich geschlafen hatte. Als ich die Augen wieder öffnete, wurde ich von Knute getragen – er hatte in dem einen Arm mich und im anderen Harris. Behutsam legte er uns auf der Ladefläche des Trucks ab. Ich schloss die Augen, wurde kurz darauf noch einmal wach und konnte gerade noch sehen, wie Knute auch Louie heraustrug und im Truck verstaute. Louie, stocksteif wie ein Besenstiel, umklammerte noch immer die Bierflasche, aus der er zuletzt getrunken hatte.

Danach konnte mich nicht einmal der Motorenlärm des Trucks am Schlafen hindern.

8. KAPITEL

In dem wir zwei Pferde ausbilden und ich lerne, dass der Beschuldigte nicht immer der Schuldige ist

Du musst jetzt so tun, als wärst du der dicke doofe Typ, und ich bin Gene.«

»Ich weiß nicht … das kann ganz schön schiefgehen …«

»Komm schon! Hab ich nicht gestern gesehen, wie Gene genau das Gleiche sieben Mal hintereinander gemacht hat?«

»Na ja …«

»Und? Wann hab ich mich zuletzt geirrt?«

Ich wollte etwas von Fetzer sagen, den er mit einem Pfeil in den Hintern geschossen hatte, aber ich brachte kein Wort heraus. Die Wahrheit war nämlich, ich vertraute darauf, dass, was Harris tun wollte, schon klappen würde.

Manchmal können auch Erwachsene Fehler machen. Für gewöhnlich war das eher unsere Sache, doch in diesem Sommer versagte den Erwachsenen bei verschiedenen Gelegenheiten der Verstand.

An dem Tag, von dem ich erzählen will, kam das zum ersten Mal vor. Alle, auch Glennis und Louie, waren zu den Halversons gefahren, um ihnen nach dem Brand beim Aufräumen zu helfen. Harris und ich blieben allein auf der Farm.

»Ihr bringt schon mal die Kühe rein und richtet die Zentrifuge her, wenn es so weit ist. Wir sind dann rechtzeitig zum Melken zurück.« Clair, die Hand schon an der Tür des Trucks, hatte kurz innegehalten, schien noch etwas anderes sagen zu wollen – vielleicht, dachte ich, wollte sie uns ermahnen, nicht das Haus anzuzünden oder einen Krieg zu beginnen –, aber dann überlegte sie es sich anders, sagte nichts weiter und stieg ein.

Sie fuhren über den Zufahrtsweg davon.

Mit Unschuldsmiene sah Harris dem Truck nach, bis er nach etwa einem halben Kilometer auf die Straße einbog und schließlich nicht mehr zu sehen war. Dann rannte er schnurstracks zum Stall.

»Komm!«

»Was hast du vor?«

Er antwortete nicht, sondern schnappte sich Bills Halfter und ging damit zur Weide, auf der die Arbeitspferde standen. Damals ließen sie uns noch an sich herankommen, was später aus Gründen, die bald verständlich sein werden, nicht mehr der Fall war.

Bill senkte bereitwillig den Kopf, damit Harris ihm das geölte Lederzeug überstreifen und ihn zum Stall führen konnte.

Um ganz ehrlich zu sein, wusste ich zu diesem Zeitpunkt bereits, dass wir etwas Unerlaubtes vorhatten. Es war nicht so, dass wir immer nur verbotene Dinge machten – zum Beispiel hatte ich Harris noch nicht meine »smussigen Bilder« gezeigt –, doch über der Sache mit den Pferden stand von vornherein dick *Verboten.* Ich wusste sehr genau, dass wir mit den Pferden nicht herumspielen durften, und die Kombination von Harris und einem knapp 1000 Kilo schweren Arbeitspferd konnte zu nichts Gutem führen.

»Du willst doch immer Cowboy spielen«, sagte er. »Also, dann hol deine kleine silberne Pistole, und wir spielen Cowboy.«

Friedlich trottete Bill neben ihm her, und Harris, der aussah wie eine Ameise, die ein Nashorn führte, dirigierte ihn durch den Stall hinaus, bis etwa drei Meter vor das Tor.

Er blickte in die Höhe. »So müsste es ungefähr hinhauen.«

»Hinhauen? Was?«

»Unser Sprung. So müsste Bill ungefähr richtig stehen, damit wir auf ihn draufspringen können.«

»Wir springen auf Bill drauf?«

»Klar, sag ich doch. Du bist der Dicke, und ich bin

Gene, wir springen aus der Heuluke auf Bills Rücken und reiten hinter den Viehdieben her.«

Und wie gesagt, ich dachte wirklich, wir würden es schaffen. Na ja, zuerst nicht. Zuerst erinnerte mich das ganze Unternehmen sehr an den Sprung vom Scheunendach an einem bröckelnden Seil oder an den Überraschungsangriff auf eine dreihundert Pfund schwere Kommie-Japsen-Sau.

Aber Harris machte mir klar, dass der Sprung auf Bill gar nicht besonders hoch sei, dass sein Rücken breit und noch dazu größtenteils aus weichem Fleisch sei, dass wir schließlich immer auf ihm ritten, wenn er den Mäher zog, und dass wir eigentlich sowieso keine Wahl hätten, weil Gene in der Filmvorführung ja das Gleiche getan habe, und dass wir es auf jeden Fall tun *müssten*, weil wir sonst keinen Schweinefurz wert wären ...

Da willigte ich ein.

Das Problem war diesmal, dass Harris nicht genug von den Eigenschaften fallender Körper verstand.

Wir machten uns an die Vorbereitung, Harris mit Feuereifer, ich mit einer letzten Spur von Angst. Bill war in Position, vor ihm lag ein Arm voll Heu, und so blieb er mit gesenktem Kopf und friedlich kauend an der vorgesehenen Stelle stehen.

Nun stiegen wir auf den Heuboden, gingen vor bis zur Luke und schauten hinunter.

»Siehst du?«, sagte Harris. »Sein Rücken ist wie ein großer Küchentisch ...«

In Wahrheit sah Bill klein aus, zu klein, um darauf landen zu können, aber Harris ließ mir nicht viel Zeit zum Überlegen.

»Wir machen es so: Ich schwinge mich erst ein Stück am Seil raus, bevor ich springe, und du springst direkt von der Luke aus. So komme ich auf Bills Schultern, und du landest genau hinter mir. Dann galoppieren wir los und retten die Viehdiebe.«

»Wir fangen die Viehdiebe«, korrigierte ich. »Viehdiebe *rettet* man nicht, man *fängt* sie.«

Er sah mich an. »Wo ist denn da der Unterschied? In jedem Fall springen wir aufs Pferd, oder?«

Ich nickte.

»Also, dann red nicht so daher, wenn du verdammt noch mal keine Ahnung hast, von was du redest!« Er griff nach dem Seil, das von einer Stange oberhalb der Luke herabhing und dazu diente, Heuballen auf den Boden zu hieven. Er trat ein paar Schritte zurück, um Anlauf zu nehmen. »Fertig?«

Ich nickte wieder, aber es war gelogen.

»Dann sag's.«

»Was soll ich denn sagen?«

»Himmel, Arsch und Zwirn, kapierst du eigentlich gar nichts? Du bist doch der Dicke. Musst du nicht sagen: ›Los, komm, wir retten die Viehdiebe‹?«

»Weiß nicht.«

»Sag es.«

»Also gut.«

»Sag's jetzt *sofort*!«

»Los, komm, wir retten die Viehdiebe.«

Harris nickte, dann rannte er mit dem Seil in beiden Händen zur Luke und aus dem Heuboden hinaus.

Angesteckt von seiner Begeisterung, war ich tatsächlich drauf und dran, hinter ihm herzurennen.

Genau an diesem Punkt ging Verschiedenes schief.

Zuallererst: Selbst wenn Bill den Film gesehen hätte, hätte er es sich wahrscheinlich kaum gefallen lassen, dass zwei Jungen aus einer Heubodenluke auf seinen Rücken springen. Er hatte aber den Film nicht gesehen, und so kam der Handlungsablauf für ihn völlig überraschend.

Dann siegte bei mir die Feigheit, und ich versuchte im letzten Moment abzubremsen. Ich war schon halb draußen, baumelte mehr oder weniger in der Luft, packte den Lukenrand und bekam ihn gerade noch so zu fassen, dass ich wie ein schmutziges Wäschestück aus der Luke hing. Über die Schulter beobachtete ich, wie sich die Dinge unter mir entwickelten.

Harris hatte weniger Glück.

Er blieb zu lange am Seil hängen und ließ erst los,

als er schon wieder beim Rückwärtsschwung in Richtung Heuluke war.

Er verfehlte sowohl Bills Schultern als auch seinen Rücken und kam stattdessen auf dem enormen Hinterteil des Pferdes auf, das leider tatsächlich so breit war wie ein Küchentisch. Harris' Beine klappten nach beiden Seiten auseinander, und in seiner Leistengegend gab es ein knirschendes Geräusch, das ich sogar in meiner hängenden Stellung am Lukenrand noch hören konnte.

»*Aaauhh!*«

Er presste die Hand auf seinen Unterleib und wollte sich von Bills Hinterteil rutschen lassen.

Mittlerweile tat Bill aber haargenau das, was sich für ein Pferd gehört, wenn ihm jemand aus dem Nichts auf den Rücken springt. Schon vor Millionen Jahren haben Pferde auf eine ganz bestimmte Art reagiert, wenn ihnen Raubtiere auf den Rücken sprangen. Sie bockten und versuchten mit allen Mitteln, den Feind abzuwerfen, und wenn sie sich schließlich von ihm befreit hatten, trampelten sie ihn kurz und klein.

Bill gehorchte dem genetischen Code seiner Natur: Er krümmte den Rücken, als Harris auf ihn herabstieß, und schleuderte ihn bis fast zur Heuluke empor, an der ich immer noch hing.

Harris, die Beine weit gespreizt und seine Leistengegend umklammernd, vollführte einen nahezu perfekten Salto rückwärts und landete mit dem Kopf voran direkt hinter Bill, wo er in Staub und Hühnerdreck liegen geblieben wäre.

Doch da gehorchte Bill seinem zweiten genetischen Code und trat, kaum dass Harris wieder in seine Reichweite geriet, mit fast atomarer Kraft mit dem Hinterhuf zu – ein Huf von der Größe einer Milcheimeröffnung.

Er traf Harris direkt in den Magen und beförderte ihn mit solchem Schwung bis in den rückwärtigen Teil des Stalles, dass ich Harris vor der endgültigen Landung zweimal vom Boden abprallen hörte.

Ich blieb noch einen Augenblick am Lukenrand hängen, während Bill seelenruhig weiterfraß. Dann ließ ich mich fallen und rannte in den Stall.

Harris, den es fast durch die ganze Länge des Gebäudes geschleudert hatte, war nicht weit vor dem hinteren Tor zum Stillstand gekommen. Er lag auf der Seite, hielt sich den Unterleib und sah an mir vorbei zu Bill hin – besser gesagt, er versuchte es, denn seine Augen schielten deutlich. Er rang noch immer nach Atem.

Er sagte etwas, flüsternd und so leise, dass ich es nicht verstand.

»Was?« Ich beugte mich näher zu ihm.

Er murmelte wieder etwas.

»Du musst lauter reden ...«

Er schluckte und flüsterte: »Haben wir die Viehdiebe gerettet?«

Ich hatte nicht das Herz, ihm die Wahrheit zu sagen. »Ja, Gene, wir haben sie gerettet.«

»Gut.«

Er murmelte wieder etwas.

»Was?« Ich beugte mich noch näher.

»Lass mich eine Weile so liegen.«

»Mach ich.«

»Gut.«

In der nächsten Woche, nach einem weiteren samstagabendlichen Tanzvergnügen und der damit verbundenen Gene-Autry-Orgie, versuchten wir das zweite filmische Ereignis umzusetzen. Zufällig war es auch die zweite Gelegenheit, bei der uns die Erwachsenen allein auf der Farm zurückließen, diesmal, um den Halversons eine Ladung Heu zu bringen.

Wieder sah Harris ihnen nach, wie sie davonfuhren, diesmal mit dem alten John Deere Traktor und einem Anhänger voll Heu. Alle saßen oben drauf und hielten Töpfe mit Essen auf den Knien.

Sobald sie außer Sicht waren, lief Harris zum Stall, nahm Bobs Geschirr vom Haken und ging zur Weide.

Bill ließ uns nicht an sich heran, aber Bob war noch nicht durch unseren Einfluss geschädigt – bis dahin nicht. Harris trat auf ihn zu, streifte ihm das Halfter über und brachte ihn zum Stall.

»Ich springe nicht aus der Heuluke auf ihn drauf!«, sagte ich, als Harris ihn durch den Stall und das vordere Tor auf den Hof führte.

»Ach was, das haben wir doch schon probiert. Aber das Zweite, was macht er als Zweites immer?«

»Wer?«

»Gene, du Dummkopf.«

»Er singt.«

»Nein. Singen tun wir nicht. Aber das andere.«

»Na ja, er reitet, springt auf Pferde, singt und ...«

»Und schießt«, ergänzte Harris. »Er reitet und schießt, hab ich recht?«

»Na ja, schon ...«

»Er gibt seinem Pferd die Sporen, zieht den Sechsschussrevolver und ballert drauflos, stimmt's? Und wenn wir das nicht hinkriegen, sind wir keinen Schweinefurz wert, oder was denkst du?«

»Das hast du letztes Mal auch gesagt. Als wir aus der Heuluke gesprungen sind und du durch den Stall geflogen bist.«

»Als *ich* gesprungen bin«, korrigierte Harris. »Du hast dich an die Luke gehängt, gesprungen bin *ich*. Wer weiß, wenn du wie geplant abgesprungen wärst, statt den Angsthasen zu spielen, wäre vielleicht alles gut gegangen. Hast du etwa schon wieder Angst?«

Damit war alles entschieden. Selbstverständlich hatte ich Angst – es war schlicht unmöglich, keine Angst zu haben, sobald Harris von Pferden und von Schießerei redete. Aber was immer er vorhatte, nun musste ich natürlich mitmachen.

»Also, pass auf«, sagte er, nachdem er Bob ein Zaumzeug mit kurzen Zügeln angelegt hatte. Er führte das Pferd über den Hof bis zum Haus. »Du holst dein silbernes Schießeisen, ich hol ein Gewehr, wir steigen auf Bob, bringen ihn ordentlich in Schwung, und dann ballern wir los.«

»In Schwung?« Ich hatte Bill and Bob traben gesehen. Ein Mal. Ansonsten bewegten sie sich nie schneller als in einem gemächlichen Trott. »Können wir nicht einfach zu Fuß gehen?«

Harris schnaubte verächtlich. »Hast du bei den Filmen denn *überhaupt* nicht zugeschaut? Sieht man da Gene etwa zu Fuß neben seinem Pferd hergehen und schießen? Also, jetzt lauf und hol deine Pistole …«

Ich rannte ins Haus und die Treppe hinauf, wo ich meine Spielzeugpistole aufbewahrte. Zündplättchen hatte ich keine, aber ich konnte das Geräusch von Schüssen gut nachmachen und hielt das auch für ausreichend. Das Knallen könnte Bob erschrecken, und falls wir ihn überhaupt in Bewegung brächten, wollte ich ihn nicht in Panik versetzen.

Auf keinen Fall. Die Vorstellung, wie Bill Harris durch den Stall katapultiert hatte, war mir noch zu frisch im Gedächtnis.

Ich fand die Pistole, machte kehrt und lief die Treppe wieder hinunter auf die Veranda, wo ich wie angewurzelt stehen blieb.

Harris saß bereits auf Bob – weit vorn auf den massiven Schultern –, und quer vor sich balancierte er ein Gewehr, das mindestens so lang war wie er selbst groß.

»Was ist das?«

»Was ist was?«

»Dieses Gewehr – das ist ja ein echtes Gewehr.«

»Ach, das hier? Das ist Pas Zwölfkaliber.« Er zuckte lässig die Schultern, hustete und spuckte seitlich vom Pferd. »Er lässt es mich immer benutzen.«

Das war eine so dreiste Lüge, dass sie keine Antwort verdiente.

»Nun komm schon, oder willst du den ganzen Tag hier rumstehen?«

Er lenkte Bob dicht an die Veranda heran, und nach drei Anläufen gelang es mir, mich hinaufzuhangeln und mit meiner Pistole in der Hand hinter Harris zu setzen.

»Fertig?«

Ich nickte, dann fiel mir ein, dass Harris ja nach vorn schaute und mich nicht sehen konnte. »Klar ...«

Er hob beide Beine und schlug die Hacken so fest in Bobs Seiten, dass ich hörte, wie Luft aus den Nüstern des Pferdes strömte.

Bob setzte sich mit ein, zwei Schritten in Bewegung, dann trottete er bedächtig aus dem Hof hinaus und den Zufahrtsweg entlang.

»Wir müssen ihn auf Tempo bringen. Pass auf, du trittst ihn genau dann, wenn ich ihn trete ...«

Ich war nicht so sicher, ob wir ihn wirklich zum Rennen bringen sollten, aber mich wurmte immer noch Harris' Frage, ob ich etwa Angst hätte. Also fing ich an, wild mit den Hacken zu schlagen, wie Harris es tat, und da fiel Bob erst in einen unrhythmischen Trab und anschließend in einen hopsenden Galopp, der zwar kaum etwas mit Tempo zu tun hatte, der aber in ganz Nordamerika die Seismografen ausgelöst haben musste.

Erdbrocken, Steine und Schotter flogen durch die Luft, und nach und nach fand Bob zu einer Gangart, die annähernd einem schnellen Galopp gleichkam. Noch nie hatte ich bei diesem Tempo auf einem Pferd gesessen, es war aufregend. Wir brachten die Zufahrt in einer phänomenalen Geschwindigkeit hinter uns, ich zielte auf einen Zaunpfosten neben uns und machte dabei Schießgeräusche, dann schoss ich auf einen Stein und noch einmal auf einen Zaunpfosten.

Mann, dachte ich, *es ist gar nicht so schwer.* Ich lockerte ein bisschen den Griff um Harris, überließ mich Bobs Rhythmus beim Galoppieren und vergaß dabei ganz, dass es mir eben noch so vorgekommen war, als befände ich mich mindestens sechs Meter über dem Erdboden. So jagte ich also dahin, schoss auf Indianer und Viehdiebe und stellte mir gerade vor, ich sei vielleicht wirklich ein Cowboy – als auf einmal die ganze Welt explodierte.

Harris hatte die Flinte über Bobs Kopf nach vorn geschwenkt, direkt zwischen seinen Ohren platziert und aus beiden Läufen eine volle Schrotladung abgefeuert.

Ich weiß nicht, wer mehr überrascht war, Bob oder ich. Ich hatte keine Ahnung gehabt, dass Harris die Flinte mit echten Schrotpatronen geladen hatte, aber dass eine solche Möglichkeit nie in Bobs Schädel vorgedrungen war, das wusste ich genau.

Der Rückstoß der alten Schrotflinte war umwerfend. Er riss Harris nach hinten, ich verlor den Halt, und gemeinsam segelten wir von Bobs Rücken – alles im selben Augenblick, als Bob zu Tode erschrocken und wahrscheinlich mit einem Pfeifen in den Ohren stehen blieb. Dann schnellte er herum, viel flinker, als ich es für ein Tier seiner Größe für möglich gehalten hätte, machte einen Satz über uns hinweg und preschte zurück auf den Hof.

Wir waren ziemlich lädiert, und eine ganze Weile konnte ich nicht unten und oben unterscheiden, aber schlimmer war, dass Bob auf die Schrotflinte getreten war und dabei den hinteren Schaft in zwei Teile zerbrochen hatte.

»Heiliger Bimbam!« Harris rappelte sich auf und starrte auf die Schrotflinte. »Glennis bringt mich glatt um.«

»Glennis! Und was ist mit Knute? Es ist doch sein Gewehr.«

»Pa wird nichts sagen. Wird mich nur ansehen. Das ist schon schlimm genug, aber Glennis, die geht mit dem Hackenstiel auf mich los.«

Ich nickte. Glennis war zum Fürchten. Sie hatte Harris schon so derb geschlagen, dass ihm der Rotz aus der Nase geflogen war, einfach nur so, um ihre Schlagkraft zu testen, und nicht etwa, weil sie sauer war. Mich schauderte bei dem Gedanken, was sie tun würde, wenn sie wirklich wütend wäre.

»Also, da nützt alles nichts ...«

Ich nickte wieder. Er würde die Sache wohl ausbaden müssen.

»... du wirst die Schuld auf dich nehmen müssen.«

»Ich?«

Er nickte. »Das ist der einzige Ausweg.«

»Glennis bringt mich um!«

»Nein. Sie schlägt keinen außer mir und einem

Typen namens Harold Peterson. Der hat sie mal auf einem Kirchenpicknick an den Busen gefasst, und da hat sie ihm einen heißen Topf an den Schädel geschlagen. Aber ich glaube trotzdem, sie ist verknallt in ihn, weil sie danach nämlich geholfen hat, den Topf sauber zu machen, während er noch am Boden lag ...«

Die Ungerechtigkeit an dieser Sache wurmte mich schwer. Ich hatte selber schon genug falsch gemacht und war absolut nicht erpicht darauf, mir ein neues Problem einzuhandeln. »Für das Gewehr übernehme ich keine Verantwortung.«

»Sieht nicht so aus, als hätten wir eine Wahl, oder?«

»*Ich* habe eine Wahl!«

Harris musterte mich mit einem versonnenen Blick. »Es ist doch so, wenn du eine Wahl hast, dann habe ich auch eine.«

»Wie meinst du das?«

»Wenn du dich dafür entscheidest, nicht die Verantwortung zu übernehmen, könnte ich mich dafür entscheiden, von den Bildern in der Schachtel unter deinem Bett zu erzählen.«

»Du Schlange! Du hast in meinen Sachen rumgeschnüffelt!«

Er zog die Schultern hoch. »Aber nicht so, dass du's gemerkt hättest. Ich hab sie nur ein einziges

Mal angesehen. Na ja, vielleicht öfter als einmal. Ist irgendwie witzig, sie anzuschauen. Mein Pimmel fühlt sich dabei immer ganz komisch an, und ich muss an Shirley Everson denken ...«

Er hatte mich in der Falle. So viel begriff ich, aber ich wehrte mich noch ein bisschen. »Wenn ich dich erwische, dass du noch einmal an meinen Pappkarton gehst, schlag ich dich grün und blau!« Es war eine leere Drohung, und das wusste er, aber wenigstens hatte er den Anstand, entsprechend darauf einzugehen.

»Okay, ich tu's nicht noch mal. Mach dir keine Gedanken, Glennis wird dich nicht schlagen. Und wenn doch, dann längst nicht so fest, wie sie mich immer schlägt.«

Ich log also nach besten Kräften, sah allen offen ins Gesicht und erzählte, dass ich das Gewehr gefunden hätte, dass ich danach eine Patrone im Schrank entdeckt und das Gewehr geladen hätte (Harris hatte mich vorher instruiert) – und die Ironie war, dass Glennis, während ich mir einfach nur gemein vorkam, meinen Kopf tätschelte, sich zu Harris umdrehte und ihm eine so derbe Ohrfeige versetzte, dass er beinahe rückwärts aus der Küche flog.

»Wofür war das denn?«, fragte er, als er taumelnd wieder hereinkam.

»Dafür, dass du's nicht verhindert hast!«, erklärte

Glennis. »Er hätte sich glatt umbringen können mit dieser alten Flinte.«

»Himmel, Arsch und Zwirn ...«

Klatsch.

In einem Punkt aber hatte Harris recht: Knute sagte kein einziges Wort. Er sah mich nur an und ging dann hinaus, um den Gewehrschaft mit Kleber und Draht zu flicken. Doch dieser eine Blick ließ mich wünschen, ich hätte in meinem ganzen Leben nie gelogen.

9. KAPITEL

In dem ich lerne, was Spiel, was Kraft und was schwere Arbeit ist

Es schien, als ob wir in diesem Sommer ununterbrochen gespielt hätten – und ganz gewiss drehte sich das meiste, was Harris und ich unternahmen, tatsächlich ums Spielen. Zumindest waren es Versuche zu spielen.

Trotzdem gehörte ein großer Teil unserer Zeit der Arbeit, und beim Arbeiten war es auch, dass Knute sich die Hand brach und dass ich begriff, wie Glennis wirklich für Harris empfand.

Nach dem Heumachen musste das Heu entweder auf der Wiese gestapelt oder auf den Heuboden befördert und als Vorrat für den Winter gelagert werden. Zum Mähen benutzte Knute die Pferde, auch zum Harken, wobei er sie vor einen Zugrechen mit gebogenen Zinken spannte und damit das Heu zu Haufen zusammenzog. Danach fuhr er mit dem Traktor, auf dem vorn eine Art großer Korb war, über die Wiese, sammelte die Haufen ein und warf sie in den Heulader. Der Lader hatte ebenfalls einen

Korbbehälter vorn drauf, der die Heuhaufen aufnahm und sie hoch und nach hinten katapultierte, um größere Stapel zu machen.

Der Lader wurde entweder von Bill oder von Bob gezogen und hin und her manövriert, und Harris sagte, als er klein war, sei er sogar während dieses ständigen Anfahrens und Anhaltens auf dem Pferderücken gesessen.

Das macht bestimmt Spaß, dachte ich, aber keins der Pferde wollte mich in seine Nähe lassen. Wahrscheinlich brachten sie mich irrtümlich in Verbindung mit Harris' Sprung von oben oder mit der Schießerei von ihrem Rücken aus.

Aber wir hatten ohnehin zu tun. Wenn das Heu über den Lader geflogen kam, mussten wir es mit Heugabeln gleichmäßig verteilen und dann darauf herumtrampeln, um es festzutreten.

Anfangs am ersten Tag war es ganz lustig, in dem frischen Sommerheu herumzuspringen. Aber das dauerte nur so lange, bis der erste Stapel fertig war. Dann kam der nächste dran, dann wieder einer, und bald war es nur noch Arbeit, schwere Arbeit im staubigen Heu an einem heißen Nachmittag.

Am Ende dieses ersten Tages beim Heumachen war ich total fertig und konnte bei der letzten Mahlzeit kaum mehr die Augen offen halten.

Am nächsten und übernächsten Tag zermürbte

mich die Arbeit so sehr, dass ich ab einem bestimmten Punkt bei geschlossenen Augen nur noch Heuberge sah, Heuberge wie riesige Brotlaibe auf der Wiese. Und selbst als wir auf dem Heuboden von einem kleinen Podest unterhalb des Stalldachs sprangen, wurde das zur Arbeit: Wir sprangen, um das Heu einzutreten, damit mehr untergebracht werden konnte.

Das Heumachen dauerte eine Woche, und gegen Ende war ich wie betäubt. Aber es kam der Tag, an dem die endlosen Heumassen ein Ende hatten, an dem kein Hälmchen mehr aufzuheben war. Wir standen vor dem Stall, und Harris sah mich an und sagte:

»Wer als Letzter am Fluss ist, frisst Schweinescheiße ...«

Schon sprinteten wir los und rannten um die Wette zum Fluss. Im Laufen warf Harris seine Latzhose ab und nutzte den Vorteil, dass er sonst weiter nichts am Leib hatte.

Der Fluss schlängelte sich am Haus und am Stall vorbei, und an der Stelle, wo er am Haus vorbeifloss, machte er einen Bogen und bildete einen kleinen Teich. Strudel hatten hier das Ufer ausgehöhlt. Er war nicht tief, etwas mehr als einen Meter höchstens, hatte aber einen sandigen Boden, und das Wasser war klar und kalt. Wir rannten hinein. Jedenfalls

Harris. Ich musste stehen bleiben und Schuhe und Hose ausziehen.

Während ich noch dabei war, hörte ich hinter mir etwas trampeln. Sofort dachte ich an Bill und Bob und befürchtete, sie wollten vielleicht mitmachen, aber als ich mich umdrehte, sah ich Knute kommen, aus seinem Overall steigen und sein Hemd aufknöpfen.

Er war ein großer Mann, nicht dick, aber breit, und so ohne Kleider sah er weiß wie ein Blatt Papier aus – bis auf sein Gesicht, das rot und verbrannt war.

Harris war schon im Wasser, und ich wollte gerade hineinspringen, als Knute einen Satz über mich hinweg machte und bei der Landung den kleinen Teich fast trockenlegte. Das Wasser muss an die sieben Meter hoch gespritzt sein. Knutes Bewegungen waren so stürmisch, dass er fast in Sprüngen über die Wasseroberfläche schnellte, und dann, kaum dass er sich aufgerichtet hatte, griff er sich mit der einen Hand Harris, mit der andern mich und schleuderte uns im Wasser herum wie zwei tote Fische.

Dann ließ er uns los, watete aus dem Teich, zog sich an, alles direkt auf den nassen Körper, und ging ohne ein Wort in Richtung Haus davon.

Harris tauchte auf, prustend und dreckverschmiert, und ich blickte über den kleinen Teich und musste mich erst orientieren, auf welcher Seite es zum Ufer ging.

»Mann«, sagte Harris lachend. »Ist das nicht ein Spaß, wenn Pa mit uns spielt?«

»Spielt?«

»Klar. Das macht er fast nie. Ich wünschte, er würd's öfter tun. Würde ihn bestimmt ein bisschen beruhigen.«

Mir war, als wären die meisten Knochen in meinem Körper zu Knorpeln geworden. Keinen Augenblick hatte ich während des »Spiels« das Gefühl gehabt, ich hätte meinen Körper unter Kontrolle, und nie hatte ich solche Kraft gespürt wie in Knutes Griff um meinen Arm, als er uns so mühelos herumgeschleudert hatte. Sein Griff war wie ein Schraubstock an Stahlfedern gewesen.

»Beruhigen?« Knute schien der am wenigsten nervöse Mensch zu sein, den ich je gesehen hatte. Er trank nur Kaffee und rauchte Bull Durham Zigaretten.

»Ja. Es liegt an seinen Nerven, dass er so ist. Dass er sich Sorgen macht um die Farm und alles. Früher hat er die ganze Zeit mit mir gespielt. Einmal hat er mich glatt über die Dreschmaschine geworfen. *Das* war ein Tag, sag ich dir.«

»Kann ich mir denken ...«

Wir lagen nackt am Ufer des Flusses, die Sonne trocknete uns. Ich sah immer wieder zum Haus hin und bedeckte mich mit der Hand – wir waren hier für jeden zu sehen –, aber Harris schien sich nicht darum zu kümmern.

Ich legte meinen Kopf zurück, beobachtete eine Weile die Wolken und fragte mich, wie es möglich war, dass ich jetzt hier lebte und vorher woanders gelebt hatte, und warum ich von den Orten, wo ich früher war, scheinbar so vieles vergessen hatte. Ich überlegte gerade, ob ich mit Harris darüber reden könnte, da stieß er plötzlich einen Fluch aus.

»Verdammt noch eins!«

»Was ist?«

»Eine Zecke.«

»Eine Waldzecke?« Ich öffnete die Augen und setzte mich auf. Zecken hatten wir den ganzen Sommer über immer wieder gesehen. Jetzt, Anfang Juli, waren sie fast verschwunden. Clair hatte einmal gesagt, bis zum Unabhängigkeitstag am vierten Juli wären die Zecken immer weg. »Na und?«

»Keine Waldzecke. Eine Fieberzecke.«

Ich suchte den Boden um mich aufmerksam ab. »Sie übertragen Fieber?«

»Nicht auf uns, aber aufs Vieh. Das bedeutet, dass wir die Kühe dippen müssen. Mann, ich hasse Kühedippen!«

»Kühe dippen?« Ich hatte wie immer keine Ahnung, was er meinte. »Wie dippt man Kühe?«

Doch er achtete nicht auf mich, stieg stattdessen in seine Latzhose und machte sich auf den Weg zum Haus. »Komm, wir müssen Pa Bescheid sagen wegen der Zecke.«

Zuerst sah es nicht so aus, als wäre dieses Kühedippen eine besonders schwierige Sache. Hinter dem Stall war ein großer Pferch mit einem Tor, das gewöhnlich offen stand. In einen Trog wurde Futter geschüttet und das Vieh auf diese Weise in den Pferch gelockt. Die Kühe kamen ganz bereitwillig, nur der Bulle, ein großer schwarz-weißer Holsteiner, warf sich immer wieder gegen die Umzäunung und stampfte wütend, dass ihm Erdbrocken bis über die Schultern flogen. Schaumflocken wehten von seinem Maul.

»Sieht gefährlich aus«, sagte ich zu Harris. »Der Bulle.«

»Nö. Der ist nur nervös. Wir haben ihn bisher abgesondert gehalten, und er will jetzt zu den Kühen. Er mag's nicht, wenn er beim Bespringen gestört wird. Und gedippt werden mag er auch nicht. Das mögen sie alle nicht.«

Als das Vieh im Pferch und das Tor geschlossen war, wurde eine Rampe seitlich mit Brettern und oben mit einem Podest versehen und dann vor ein längliches, mehr als einen Meter hohes Blechbecken geschoben. Eine zweite Rampe, an der gegenüberliegenden Seite im Innern des Beckens aufgestellt, führte wieder hinaus. Sie hatte hölzerne Querstücke, damit die Kühe Halt fänden, wenn sie zum Beckenrand hinaufstiegen. Über eine dritte Rampe konnten sie dann hinunter und hinaus auf die Weide gelangen.

Das Prinzip war simpel: Das Vieh sollte aus dem Pferch auf die Rampe getrieben, zum Sprung ins Becken gezwungen und dann über die zweite Rampe wieder in die Freiheit entlassen werden.

»Was ist in dem Becken?«, fragte ich.

»Kreosot«, sagte Harris und spuckte aus. »Das Zeug macht Blasen auf der Haut, dass man aussieht, als hätte man eine Krankheit. Pass bloß auf, dass du nichts abkriegst.«

Ich nahm mir vor, nicht allzu nah an das Becken heranzugehen – und vergaß dabei vollkommen, was passiert, wenn ein Tier von einer halben Tonne Gewicht in einen Behälter mit Flüssigkeit springt.

Unterdessen manövrierten Knute und Louie den alten Truck rückwärts an das Becken heran und kippten von der Ladefläche eine übel riechende Flüssigkeit aus 200-Liter-Fässern hinein, bis das Becken fast dreiviertel voll war. Clair und Glennis waren aus dem Haus gekommen, um mitzuhelfen, aber vom Becken hielten sie sich fern.

Nun postierte sich Knute neben dem Becken und nickte Harris zu. »Lass sie rauf.«

Harris öffnete das schmale Gatter, mit dem die Rampe zum Pferch hin verschlossen war, und wich zurück, als erwartete er, dass die Kühe von selber hinauflaufen und ins Becken springen würden.

Nichts geschah.

»Mist!« Harris stieg wieder in den Pferch, bedeutete mir mitzukommen, und – in gebührendem Abstand zu Vivians Hinterteil – scheuchten und schubsten wir die Kühe so lange, bis eine von ihnen die Rampe betrat.

Kaum stand die erste Kuh oben am Beckenrand, packte Louie sie derb am Schwanz und verdrehte ihn, dass die Kuh vor Schreck einen Satz machte, der sie bis zur Mitte des Beckens beförderte.

Bei ihrer Landung stieg eine Fontäne hoch, als wären Wasserbomben explodiert. Desinfektionslösung spritzte drei Meter in die Luft, regnete auf uns herab, und wo das Zeug die bloße Haut traf, spürte ich sofort ein Brennen.

Es blieb aber keine Zeit, sich wegen des Kreosots lange Sorgen zu machen, denn während wir noch die erste Kuh auf die Rampe manövrierten, hatten Clair und Glennis außerhalb des Pferchs mit ihrem

Schreien und Rufen die anderen dazu gebracht, der ersten zu folgen.

Zehn, fünfzehn Minuten lang ging es Schlag auf Schlag. Entsetzt von Louies Schwanzgriff-Trick sprang eine Kuh nach der anderen in das Becken, und Knute wischte mit einem Mopp, den er inzwischen aus dem Truck geholt hatte, jeder Kuh über den Rücken und überspülte sie mit Kreosot.

Endlich war nur noch ein Tier übrig – der Bulle. Er trottete ganz sanftmütig hinter der letzten Kuh her die Rampe hinauf und war schon fast an der Stelle, wo Louie nach seinem Schwanz hätte greifen können, als er plötzlich zögerte.

Ich stand weiter weg am Rand des Pferchs, war gerade mit einem Bein durch die Umzäunung hinausgestiegen. Zufällig sah ich zu Knute hinüber, und im selben Moment, als der Bulle stehen blieb, als er den Bruchteil einer Sekunde zögerte, ließ Knute den Mopp fallen und setzte sich in Bewegung.

Ich glaube, ich habe noch nie einen Menschen so schnell rennen sehen. Aber der Bulle war schneller. Er fuhr herum, machte in der engen Rampe eine Kehrtwendung und kam mit einem donnernden Gebrüll, das den Boden erzittern ließ, unten herausgeschossen.

Und da stand Harris.

Er hatte die letzten Kühe auf die Rampe getrieben und befand sich in diesem Augenblick selber ein Stück darauf. Vielleicht hätte er noch die Zeit gehabt, etwas zu tun, über den Rand zu steigen oder wegzurennen. Aber er sah zu Boden, um nicht in die frischen Kuhfladen zu treten, die überall auf der Rampe lagen, und der Bulle war so schnell, schneller noch als Knute, dass Harris keine Chance hatte.

Der Bulle prallte wie eine Lokomotive mit ihm zusammen und trieb ihn in den Pferch hinunter, wo Harris stürzte. Das alles kam mit solcher Gewalt und so unerwartet, dass ich keine Zeit hatte zu schreien, dass ich weiter nichts tun konnte, als mit offenem Mund dastehen.

Im Nu war Knute über dem Zaun und bei dem Bullen. Ich sah es, sah alles wie in Zeitlupe vor mir ablaufen und konnte es doch nicht glauben.

Knute griff nach Harris, zog ihn irgendwie unter dem Kopf des Bullen hervor, riss ihn hoch und warf ihn über die Umzäunung zu Clair und Glennis hin, wo er wie ein Lumpenbündel liegen blieb.

Dann schlug Knute auf den Bullen ein. Ich weiß nicht genau wo, irgendwo auf den Kopf oder auf die Nase. Er hob erst den rechten Arm, dann nahm er den linken mit dazu, ballte beide Hände zu einer einzigen großen Faust und ließ sie dem Bullen auf den Schädel krachen. Der Schlag traf ihn mit der Wucht eines einstürzenden Berges, und es gab einen

Laut, als würde mit der Axt eine Wassermelone gespalten.

Und der Bulle ging zu Boden. Er brüllte, schäumte, geiferte, sank in die Knie – und Knutes linker Arm hing schlaff an der Seite herab und war oberhalb des Handgelenks komisch verbogen.

Mit zwei Schritten war Knute am Bullen vorbei und an der Umzäunung bei Clair und Glennis. Er schwang ein Bein über den Draht.

»Alles in Ordnung mit ihm?«

»Ich weiß nicht.« Clair rieb Harris' Brust, Sorgenfalten standen auf ihrer Stirn. »Dieser verdammte Bulle. Ich hab dir schon mal gesagt, sieh zu, dass du das Vieh loswirst ...«

Harris sah tot aus. Ich hatte schon Tote gesehen, und Harris sah in meinen Augen tot aus. Ich hatte mich noch immer nicht vom Fleck gerührt, stand wie zuvor an der Umzäunung und wusste nicht, ob ich schockiert war, wie der Bulle mit Harris umgesprungen war, oder darüber, dass ich Clair fluchen gehört hatte.

Aber letztendlich war es Glennis, die mich am meisten überraschte. Sie schaute einen Augenblick auf Harris hinunter, die Hand halb am Mund, dann fiel sie auf die Knie, hielt Harris' Kopf und redete leise schluchzend auf ihn ein.

»Komm zurück, Harris. Komm wieder zu dir, sofort! Wir wollen nicht, dass du stirbst. Komm schnell zurück, und ich schlage dich nie mehr, bei Gott, ich will ...«

Ob es nun an Clairs Brustreiben lag oder daran, dass Glennis seinen Kopf hielt, oder – meine persönliche Meinung – einfach daran, dass er durch nichts umzubringen war, jedenfalls bewegten sich Harris' Beine, er hob die Arme, seine Augenlider zuckten, und er sah zu Glennis auf.

»Himmel, Arsch und Zwirn, was ist denn hier los?«

Ihre Hand schnellte hoch, aber sie hielt sich an ihr Versprechen und schlug ihn nicht. Und tatsächlich dauerte ihr Schwur einen ganzen Tag lang an, nämlich bis zum späten Nachmittag des nächsten Tages, als Harris auf der Kante der Veranda stolperte und einen Schwall so derber Ausdrücke vom Stapel ließ, dass fast der Anstrich vom Holz blätterte.

Sobald er wieder einigermaßen lebendig war, überließ Clair ihn Glennis' Fürsorge und wandte sich Knute zu.

»Dein Arm«, sagte sie. »Du hast ihn zu fest geschlagen.«

Knute nickte. »Hab nicht überlegt. Das Ding ist gebrochen ... unpassendste Zeit im Jahr für so was.« Er drehte sich um und sah zum Bullen hinüber, der Gurgellaute von sich gab und dessen Vorderbeine immer noch eingeknickt waren. »Hoffe, ich hab ihn nicht umgebracht. Er ist ein guter Bulle.«

Clair sah Louie an. Ich hatte noch nie erlebt, dass sie im Zusammenhang mit der Farmarbeit irgendwelche Anweisungen gab, es sei denn beim Melken, wenn sie zu den Kühen sprach. Jetzt aber war etwas Hartes in ihrer Stimme, ein Ton, der unmissverständlich klarmachte, dass alles haargenau so gemacht werden sollte, wie sie es sagte.

»Bring mir Bretter und eine Schnur, damit ich den Arm schienen kann. Sofort. Dann wirfst du den Truck an. Wir müssen Knute zum Doktor nach Pinewood bringen, damit der seinen Arm richtet. Ich fahre. Du bleibst hier und versorgst die Farm. Wir werden in der Nacht zurückkommen. Und du«, wandte sie sich an mich, »du wirst Glennis helfen müssen, bis Harris wieder arbeiten kann ...«

Ich nickte. Harris' Gesichtsausdruck, der mir irgendwie geheuchelt vorkam, ließ darauf schließen, dass er wahrscheinlich eine ganze Weile nicht würde arbeiten können.

Louie kam mit ein paar Latten zurück. Er brach sie in Halb-Meter-Stücke, dann schienten er und Clair die Bruchstelle und banden das Ganze mit Schnur zusammen. Knute verhielt sich die ganze Zeit still, beobachtete die beiden mit Interesse, doch ohne Anzeichen von Schmerz oder Unbehagen, und ich glaube wirklich, dass er sich mehr um den Bullen als um seinen Arm sorgte.

Sobald die Schiene fertig war, kurbelte Louie den Truck an, Knute stieg auf der einen Seite ein, Clair auf der anderen, und sie fuhren davon. Zu viert sahen wir ihnen nach.

Wir sollten sie zwei Tage nicht wiedersehen, und schon am Ende des ersten dachte ich, ich würde sterben.

Als Clair sagte, ich müsse Glennis helfen, hatte ich keine Ahnung, wie viel Arbeit da auf mich zukommen würde.

Glennis und Louie melkten, und ich musste mit den vollen Eimern hin und her laufen, sie in die Zentrifuge leeren, die Kurbel drehen und nach dem Melken den Stall und die Rinnen vor den Stallboxen mit einer Schaufel säubern.

Danach musste ich die Milch und die Sahne kühl stellen, die Hühner füttern und die Kühe aus dem Stall wieder auf die Weide bringen, dann im Haus für Glennis Kartoffeln fürs Abendessen schälen und – während sie kochte – die Teile der Zentrifuge abwaschen. Und schließlich musste ich mich an den Tisch setzen und versuchen, beim Licht der Petroleumlampe wach zu bleiben, bis Louie mit Essen fertig war und ich etwas abbekommen würde.

Und die ganze Zeit stand Harris neben mir, hielt

sich die Seiten und den Magen, jammerte theatralisch und gab mir Anweisungen.

»So! Du musst das Zeug *so* auf die Schaufel laden« und »du musst das Hühnerfutter *ausstreuen,* du Dummkopf, sonst kriegen sie nicht alle was ab«.

Als es dunkel war, wünschte ich fast, der Bulle hätte Harris umgebracht. Der Bulle hatte sich übrigens kurz nach Clairs und Knutes Abfahrt aufgerappelt und schien wieder ganz in Ordnung.

Am zweiten Tag war es noch schwerer. Wir schufteten bis zur Dunkelheit, wobei jede Arbeit ohne Pause in die nächste überging – und Harris machte immer noch keinen Finger krumm. Inzwischen war ich stinksauer auf ihn.

Wir lagen im Bett. Oder besser gesagt, Harris lag im Bett, und ich wollte mich gerade auf meins fallen lassen und in ein arbeitsbedingtes Koma abtauchen.

Harris stöhnte. »Ich glaube, meine Rippen sind gebrochen.«

Ich hatte die Augen geschlossen und sagte nichts.

»Dieser Bulle hat mich schwer erwischt.«

Nichts. Lange Zeit Schweigen. Mein Körper war ein einziger Schmerz, meine Muskeln brannten. Jeder Knochen tat mir weh.

»Genau genommen denke ich, dass ich eine Woche oder so nichts werde tun können ... bei all den gebrochenen Rippen und überhaupt ...«

»Harris«, unterbrach ich ihn.

»Was?«

»Wenn du morgen nicht mithilfst, bring ich dich um.« Überrascht stellte ich fest, dass ich es ernst meinte. Absolut ernst. Und genau das musste aus meinem Ton deutlich geworden sein, denn nach einer langen Pause seufzte Harris.

»Kann sein, ich hab irgendwie falsch gelegen. Gerade hab ich mich ein bisschen gedreht, und die Schmerzen sind weg.«

»Gut.«

10. KAPITEL

In dem ich die Liebe entdecke – nur um mir das Herz brechen zu lassen, und ich aus Rache alles daransetze, dass Harris sich seinen Pimmel ansengt

Dass ich verliebt war, wusste ich erst, als alles vorbei war, und da war es zu spät, um etwas daran zu ändern.

Knute kam mit einem Gipsverband am linken Unterarm nach Hause, und alles ging weiter wie sonst. Er arbeitete so schwer wie immer, und die scheinbar einzige Veränderung war, dass er seinen Morgenkaffee in einer statt in zwei Händen hielt.

Die Liebe kam beim samstagabendlichen Tanz. Wieder war irgendjemand abgebrannt, krank, hatte kein Geld mehr oder sonst was – ich wurde nie ganz schlau daraus, was passiert war, aber irgendetwas war immer passiert, das diesen Tanz am Samstagabend erforderlich machte. Wir fuhren also wie gewöhnlich in die Stadt.

Ich hatte das nun schon mehrmals mitgemacht und wusste, was mich erwartete. Noch immer gehörte ich nicht ganz dazu, ich kannte keinen der anderen Jungen. Während Harris sich prügelte – und er prügelte sich jedes Mal, wenn wir zum samstäglichen Tanz fuhren –, ging ich also in den Kneipenraum, bekam eine Orangenlimonade und setzte mich, bis der Film anfing, an einen Ecktisch.

Normalerweise störte mich niemand. War Harris mit seiner Rauferei fertig, kam er herein, holte sich eine Limonade und setzte sich zu mir, und nach einer Weile gingen wir in den hinteren Raum und sahen Gene beim Reiten und Schießen zu. Besser gesagt, Harris sah zu, er wurde nicht müde, Gene reiten und schießen zu sehen. Mir wurde die Sache bald langweilig, und an diesem bestimmten Abend beugte ich mich auf meiner Bierkiste etwas zurück und beobachtete nicht die Leinwand, sondern die Gesichter der anderen Kinder im Raum.

Es waren vierzehn oder fünfzehn, im Alter etwa zwischen sechs und dreizehn Jahren. Sobald die Pubertät sie erwischt hatte, sah man sie im vorderen Raum tanzen oder knutschen. Die untere Grenze dafür schien zwölf oder dreizehn zu sein.

Ich konnte nicht glauben, dass ihnen der Film nie zum Hals heraushing, und während ich ihnen beim Zuschauen zusah, spürte ich plötzlich, dass ich selber beobachtet wurde. Ich drehte mich um – und da sah mich das schönste Mädchen der Welt an.

Sie hatte große blaue Augen und blondes Haar, das ihr in Zöpfen über den Rücken hing, und sie lächelte und schaute nicht weg, als ich sie ansah, und ich dachte, ich würde sterben.

So plötzlich war das gekommen. Ich hatte schon Filme gesehen, in denen von Liebe auf den ersten Blick die Rede war, Filme, die ich mit meiner Mutter hatte absitzen müssen, und ich war überzeugt, genau das war hier passiert.

Ich drehte mich weg, spürte, wie ich über und über rot wurde, und wünschte nur noch, ich könnte mich davonstehlen. Und tatsächlich entschloss ich mich zu diesem Manöver, schlich zur Tür und dann hinüber in den Tanzraum, wo die Musik lärmte und heulte.

Wahrscheinlich war alles ein Irrtum. Sie hatte in Wirklichkeit nicht mich angesehen, dachte ich, und holte mir eine Orangenlimonade. Ich ging zu meinem kleinen Ecktisch, um den Tanzenden zuzusehen.

Doch gerade als ich mich gesetzt hatte, sah ich, dass sie mir gefolgt war. Sie kam an meinen Tisch und setzte sich.

»Hi. Ich heiße Elaine.«

Ich konnte nichts sagen. Sie war ungefähr in meinem Alter, und jetzt, wo ich sie im Licht der Petroleumlampen besser erkennen konnte, sah sie noch schöner aus. Ihre Augen schienen wie aus Eis, und sie hatte ein blaues Kleid an, das in der Farbe perfekt zu ihren Augen passte.

»Elaine Peterson.«

Ich war immer noch stumm. Die Schüchternheit – schon immer ein Problem bei mir – wurde nun zu einer unheilbaren Krankheit. Ich dachte, ich müsste explodieren, ich dachte, die Schüchternheit würde irgendwie mein Herz zum Stillstand bringen. Ich hörte es pochen und wummern, der Schlag schien unregelmäßig, und wer weiß, ich würde wahrscheinlich wie ein Trottel hier sitzen bleiben und sterben. Ich holte Luft, hielt sie einen Moment an, beherrschte meine Stimme, soweit es ging, und plärrte dann meinen Namen heraus.

Sie lächelte. »Wir wohnen in der Nähe von Greener Lake. Ungefähr sechseinhalb Kilometer von den Larsons.«

Ich fragte sie, warum ich sie noch nie hier gesehen hätte, oder dachte zumindest, dass ich das gefragt hätte. Was aus meinem Mund kam, klang eher wie *Wambchdichiernochnieeesehen*? Oder so ähnlich.

»Ich lebe bei meiner Großmutter in North Dakota. Das ist ungefähr 240 Kilometer westlich von hier.«

Das sagte sie, als wäre es ein anderes Land, und ich dachte, ich könnte ihr vielleicht erzählen, dass ich fast drei Jahre auf den Philippinen und in Texas gewohnt, dass ich Kalifornien gesehen hatte und noch so einiges zwischendurch. Aber nichts, absolut nichts kam über meine Lippen.

Ich weiß nicht, wie lange wir so hätten weitermachen können, sie mit Reden, ich mit am Gaumen festgeklebter Zunge und dem inständigen Wunsch, ich könnte im Erdboden versinken. Aber die Zeit verging unerbittlich, es war spät geworden, und die Band begann ihren letzten Tanz, einen langsamen Walzer. Die Filmvorführung war zu Ende, und die anderen Kinder kamen aus dem hinteren Raum.

Harris hatte mich sofort ausfindig gemacht und die Situation mit einem Blick erfasst. Er kam an den Tisch, die allgegenwärtige Flasche Orangenlimonade in der Hand, und ließ sich auf einen Stuhl fallen.

Blinzelnd gab ich ihm zu verstehen, er solle verschwinden, aber er übersah es und wandte sich an Elaine.

»Wie findest du meinen Cousin?«

Sie lächelte. »Er scheint nett zu sein.«

Harris schüttelte den Kopf. »Hab ich erst auch gedacht, aber er ist nicht ganz richtig.«

Ich stieß ihn gegen die Schulter.

»Wie meinst du das?«, fragte sie.

»Im Kopf. Er ist nicht ganz richtig im Kopf. Irgendwas bei seiner Geburt. Sie haben die Nabelschnur zu schnell durchgeschnitten oder so, und deshalb ist sein Gehirn nicht gleich durchblutet worden. Passiert immer wieder mal. Das Gehirn muss sofort durchblutet werden, sonst funktioniert's nicht richtig. Erinnerst du dich an den Severson-Jungen? Wie der sich beim Gehen immer nach links gebeugt und dauernd seine Rotze gefressen hat?« Harris nickte und deutete mit dem Kinn auf mich. »Ist bei ihm genauso.«

»Stimmt überhaupt nicht ...«, sagte ich oder versuchte es jedenfalls, es klang aber eher wie *blubb-blubb-blubb*. Die Schüchternheit war schlimmer geworden, denn jetzt war ich in der Situation, dass ich, ohne sprechen zu können, Elaine davon überzeugen musste, dass ich selbstverständlich »richtig im Kopf« war und nicht meine eigene Rotze aß. Aber es war zu spät. Elaine musterte mich schon mit einem neuen Blick, einem Blick voller Bedauern; sie lächelte – nicht unfreundlich –, dann nickte sie mir zu und ließ mich mit Harris sitzen. Ich schäumte vor Wut.

»Das kriegst du zurück!«, sagte ich.

»Pah, du hättest dich sowieso nicht wirklich gern mit Elaine eingelassen. Bald würdest du nur noch dort hingehen, und ich hätte keinen mehr zum Spielen. Du würdest dauernd um ihren Briefkasten schleichen und hoffen, dass du sie siehst ...«

»Das kriegst du zurück«, wiederholte ich. »Ganz bestimmt.«

Und wie es der Zufall wollte, kam meine Chance schon am nächsten Tag.

»Das mach ich nicht!«

Harris stand beim Stall und sah zu dem Draht hin, der von einem Isolator neben der Tür herkam und auf die Weide führte.

Knute hatte die Schweine auf einen Teil der Kuhweide getrieben, damit sie dort eine Zeit lang graben und wühlen konnten. Statt das übliche Schweinegatter aufzubauen, hatte er eine batteriebetriebene elektrische Umzäunung gekauft, ein paar Isolatoren und Draht.

Im Stall stellte er eine 6-Volt-Trockenbatterie auf, um sie vor Regen zu schützen, und führte den Draht durch ein Loch ins Freie.

Wir hatten einen halben Tag lang unsern Spaß daran zu beobachten, wie die Schweine den Draht erkundeten. Sie lernten schnell, und eins von ihnen, die alte Gertie, lernte schon am ersten Tag, sich eine Schlammschicht auf den Kopf zu klatschen, das Zeug trocknen zu lassen und dann mit der getrockneten Schlammisolierung den Draht hochzuschieben, um hinaus auf die Weide und ins Maisfeld zu entwischen.

Ein paarmal kamen die Hühner dagegen, sie gackerten wild und machten Sprünge, dass die Federn nur so flogen, und sogar Fetzer streifte den Draht versehentlich. Als er einen Schlag verpasst bekam, verstand er das als Angriff und ging sofort auf den Feind los, was alles nur noch schlimmer machte. Er wurde immer wütender, attackierte den Draht heftiger, verbiss sich darin und umklammerte ihn, bis er schließlich seine Niederlage einsehen musste und dem Zaun den Rücken kehrte. Jedes einzelne Haar stand von seinem Körper ab, und ich glaube, er hätte in diesem Augenblick jeden, der ihm über den Weg gelaufen wäre, glatt umgebracht.

Als ich sah, wie Fetzer mit dem Draht kämpfte, kam mir die Idee. Wir hatten versucht, den Draht mit den Fingerrücken und mit Grashalmen zu berühren, aber die Ergebnisse waren nicht überzeugend. Ich war schon immer naturwissenschaftlich interessiert gewesen und glaubte an die Bedeutung von Experimenten. Und während ich also Fetzers Kampf mit dem Draht zusah, fragte ich mich, was passieren würde, wenn jemand direkt an den Draht pinkeln würde.

Genau genommen, was passieren würde, wenn *Harris* an den Draht pinkeln würde.

Ich wusste, dass die Durchführung des Experiments nicht leicht sein würde, und so machte ich mich sorgfältig an die Planung. Die Versuchsperson würde ablehnend reagieren – vermutlich sogar ausgesprochen negativ –, und es würde so etwas wie ein

Anreiz nötig sein, einer, der attraktiv genug wäre, um jede Weigerung zu besiegen.

Zufälligerweise besaß ich die »smussigen Bilder«.

Die Macht dieser Bilder als Lockmittel stand außer Frage. Ich glaube, wenn man ihm genug solcher Bilder geschenkt hätte, wäre Harris auch durch Feuer gegangen – ich allerdings auch. Qualitativ waren die Bilder nicht besonders. Es waren Schwarz-Weiß-Fotos, klein und grobkörnig. Aber sie erfüllten ihren Zweck. Man konnte sie unmöglich ansehen und dabei ruhig atmen. Meine Gedanken kreisten aber weniger um die Qualität als um die Menge. Dass ich das Experiment zustande bringen würde, war mir klar, nur: mit wie viel Einsatz?

Wie viele Bilder würden nötig sein?

Ich hatte insgesamt sieben Stück, und da ich selbst daran interessiert war – vom rein künstlerischen Standpunkt aus natürlich –, wollte ich die Sammlung nicht zu stark plündern.

Ich bot Harris ein Bild an. Es war nicht das beste – das beste hätte ich nicht weggegeben, selbst wenn Harris in den Draht gebissen und sich mit den Zähnen daran gehängt hätte. Eine Variante übrigens, die ich mir, wenn ich daran dachte, was er mit der ersten Liebe meines Lebens gemacht hatte, ernsthaft durch den Kopf gehen ließ. Das Bild war also nicht das beste, aber es war gut: genau im Detail und grundsätzlich einwandfrei, was Anordnung und lehrreichen Gewinn betraf, und außerdem sehr wohl in der Lage, einen fortgeschrittenen Zustand von Kurzatmigkeit zu verursachen.

»Nö«, wiederholte er. »Das mach ich nicht.«

Aber seine Weigerung war lahm. Ich spürte die Halbherzigkeit, die darin lag, und machte sie mir zunutze. Das angebotene Foto plus ein weiteres, dasjenige, auf dem *alles* zu sehen war.

»Nja, also ...«

Ich hatte ihn.

»Zuerst die Bedingungen.«

»Welche Bedingungen?«

»Du musst direkt auf den Draht pissen, nicht einfach drüber weg, und du musst lang genug draufpissen, dass du die Sekunde mit dem Stromstoß erwischst.« (Es war ein Impulszaun, er stand also nicht ständig unter Strom, sondern bekam in Sekundenabstand einen Impuls.) »Sonst gilt es nicht.«

Er betrachtete prüfend den Draht und überlegte noch eine Minute. »Das Ding hat eine Sau in die Knie gezwungen ...«

Ich schüttelte den Kopf. »Die hatte nur das Gleichgewicht verloren. Außerdem, zwei von den Bildern für dich ganz allein, das ist ein gutes Geschäft.«

Wieder eine Minute, dann ein Seufzer. »Also gut. Hol die Bilder.«

Ich lief ins Haus, kramte die zwei ausgewählten Fotos heraus, steckte sie unter mein Hemd und trabte zurück zum Stall, wo Harris immer noch stand und den Draht ansah.

»Ich hab sie.«

»Lass sehen!«

Ich hob das Hemd an, zeigte ihm kurz die Bilder und senkte es wieder. »Also los, piss drauf.«

Er knöpfte die Klappe an seiner Latzhose auf und holte seinen Pimmel heraus, dann stand er da, stirnrunzelnd.

»Was ist?«

»Geht nicht. Es kommt nichts.«

»Dann drück eben ein bisschen.«

»Mach ich ja schon. Er hat Angst. Er will nicht.«

»Wenn du nicht auf den Draht pinkelst, gilt das Geschäft nicht«, erinnerte ich ihn und hoffte, das würde die Aktion beschleunigen.

»Weiß ich, weiß ich. Aber es geht eben nicht.« Die Falten auf seiner Stirn vertieften sich. »Es ist, als weiß er genau, was auf ihn zukommt, und als will er sich dagegen wehren.«

»Zwei Bilder ...«

»Ich muss ihn anschwindeln.«

»Anschwindeln? Wen?«

»Meinen Pimmel. Ich muss ihn einfach nur anschwindeln und dort drüben mit Pinkeln anfangen, dann schwenke ich hier rüber, und er denkt, alles ist in Ordnung.«

Er wandte sich ab, zielte auf eine Stelle weit weg von der Umzäunung, und schon schoss der Strahl heraus.

»Dreh dich endlich um«, sagte ich. »Bevor du fertig bist.«

»Ist nicht so einfach. Irgendwas in mir sperrt sich ...«

»Zum Kuckuck, gleich kommt nichts mehr.«

»Doch, ich halt's ja zurück. Da, jetzt ...«

Langsam schwenkte er den Urinstrahl herum, bis er nur noch Zentimeter vom Draht entfernt war, wartete noch einen Augenblick ab und richtete ihn dann auf den Draht.

»So«, sagte er, »bist du jetzt zufrie...«

Er hatte den Draht zwischen zwei Impulsen getroffen, als gerade kein Strom floss, und dann, mitten in dem Wort *zufrieden* bekam er den Schlag ab.

Später sollte ich viel über Elektrizität lernen. Später wusste ich, dass Wasser ein hervorragender Leiter von elektrischer Energie ist, dass sich aber Urin mit seinem höheren Mineralgehalt noch besser dafür eignet. Was Harris getan hatte, war so, als hätte man seinen Pimmel mit einem Kupferdraht an den elektrischen Zaun angeschlossen.

Das Resultat zeigte sich prompt, und alles kam so, wie ich es vom Standpunkt wissenschaftlicher Beobachtung aus erhofft hatte – von Rachegelüsten ganz zu schweigen.

In einer heftigen galvanischen Reaktion zog sich jeder einzelne Muskel in Harris' Körper krampfhaft zusammen und zuckte, als hätte sich eine gigantische Feder in ihm gespannt.

Er wurde steif wie ein Schürhaken, dann schnellte er hoch, segelte in einem perfekten Rückwärtssalto durch die Luft, beschrieb mit seinem Strahl einen Bogen und traf dabei direkt in die Nachmittagssonne; ich hätte schwören können, dass ich einen Regenbogen darin sah.

Und mit seiner Landung war das Schauspiel noch nicht zu Ende. Er kam auf der Seite auf, beide Beine wild um sich schlagend, dann sprang er auf die Füße, drehte enge Kreise auf der Stelle, hielt sich den Unterleib und stöhnte:

»O-Gott-o-Gott-o-Gott-o ...«

Alles in allem war es den Einsatz wert gewesen, und so griff ich, als er endlich ruhiger wurde, sich laut keuchend gegen die Stallwand lehnte und seinen Pimmel hielt, unter mein Hemd, um ihm die zwei Bilder zu geben.

Es sollte nicht dazu kommen, und die eindeutige Antwort auf die Frage, wer nun wem die Bilder schuldete, plagte uns den ganzen restlichen Sommer und plagt uns vielleicht immer noch.

Als ich Harris die Fotos hinhielt und er seine Leistengegend gerade so lange losließ, um danach zu greifen, fiel ein Schatten über uns, ich drehte mich um, und da stand Louie.

Er grapschte mit gekrümmter dreckiger Hand nach den Bildern, hielt sie ans Licht, grinste zahnlos und marschierte in Richtung Scheune davon, wobei er die Fotos in der Brusttasche seines Overalls verschwinden ließ.

»Himmel, Arsch und Zwirn.« Harris sagte es gedämpft und mit zitternder Stimme. »Du bist mir zwei Bilder schuldig.«

»Ich konnte nichts dafür! Ich hab sie dir doch hingehalten. Louie hat sie geklaut.«

»Aber sie waren noch nicht bis zur Hälfte.« Harris zischte wie eine Schlange. »Sie waren nicht mal *fast* bis zur Hälfte.«

»Sie waren weiter als bis zur Hälfte.«

»Du *Lügner.*«

»Ich lüge nicht. Ich habe dir die Bilder hingehalten, und du hast genau in dem Moment danach gegriffen, als Louie sie wegschnappte. Ich habe getan, was ich nach der Vereinbarung tun musste.«

»Du?« Er grinste spöttisch oder verzog schmerzvoll das Gesicht – der Unterschied war schwer zu erkennen. »*Ich* hab auf den Draht gepisst ...«

Abends, als wir im dunklen Zimmer im Bett lagen

und dem Sirren der Moskitos vor dem Fliegengitter lauschten, dachte ich an den Augenblick, als Harris mit seinem Strahl den Draht getroffen hatte, und fing zu lachen an.

»Das war überhaupt nicht lustig«, sagte er vom anderen Bett herüber. »Alles an mir ist geschwollen. Es ist, als wär mein Pimmel vom Blitz getroffen worden.«

»Es war zu komisch! Du bist immer im Kreis auf der Stelle gerannt und hast gestöhnt: O-Gott-o-Gott-o-Gott ....« Ich musste das Gesicht ins Kissen drücken, um mein lautes Lachen zu dämpfen und nicht die Erwachsenen zu wecken.

Eine Weile herrschte Schweigen, dann kicherte er. »Ich glaube, ich hab ihn gesehen.«

»Wen?«

»Jesus, du Blödmann. Aber in einem Pfirsichbaum war er nicht ...«

Und wieder nach einer Weile, als das Gekicher abgeflaut war und wir fast schon schliefen, hörte ich ihn im Wegdösen noch einmal:

»Du schuldest mir trotzdem zwei Bilder.«

»Stimmt nicht.«

»Stimmt doch.«

»Nein.«

»Doch.«

11. KAPITEL

In dem Harris die Geschwindigkeit entdeckt sowie den Wert der Kleidung

Genau das ist das Problem – es geht zu langsam. Teufel noch mal, da reiten wir ja auf Bob und Bill schneller.«

Ich hätte ihn darauf hinweisen können, dass es seit dem Sprung aus der Heuluke und dem Gewehrschuss absolut unmöglich war, Bob und Bill nahe genug zu kommen, um sie zu berühren, geschweige denn reiten zu können. Aber weil es noch nicht lange her war, dass der Blitz in Harris' Pimmel gefahren war, schien es mir gemein, jetzt mit ihm zu streiten – er ging noch immer mit leicht gespreizten Beinen.

Und außerdem war ich seiner Meinung.

Wir hatten zwei alte Fahrräder aus dem Schrotthaufen hinter der Scheune gezogen und fast drei Tage geschuftet, um die Ketten zu ölen, Schläuche zu reparieren und Reifen aufzupumpen, um Lenker auszurichten und Kugellager zu schmieren – alles nur, um auf dem halben Kilometer Zufahrtsweg hin- und herfahren zu können.

Anfangs hatte mir vorgeschwebt, ein Rad zu reparieren und dann die sechseinhalb Kilometer zu Elaines Farm zu radeln. Seit dem Abend, an dem sie erfahren hatte, dass mein Hirn zu spät durchblutet worden sei, hatte ich sie noch einmal beim Samstagstanz gesehen. Und während ich sie offenbar immer noch von Herzen liebte – zumindest meinem Atem und meinem Puls nach zu urteilen –, hatte sie mir nur zugelächelt, auch diesmal nicht unfreundlich, mich aber sonst komplett ignoriert.

Doch die Liebe ist hartnäckig, zumindest in der Einbildung, und mein Hirn – vielleicht tatsächlich etwas schwach – wollte nicht aufhören, sich mit Elaines goldenem Haar, ihren blauen Augen, selbst ihrem Lächeln und ihrer sanften Stimme zu beschäftigen.

Meine Vorstellung spielte sich folgendermaßen ab: Ich würde ein Fahrrad reparieren, ich würde zu ihrer Farm radeln (obwohl ich keine Ahnung hatte, wo sie lag), Elaine würde mich vorfahren sehen und an ihren Briefkasten kommen, sie würde stehen bleiben und sich mit mir unterhalten und feststellen, dass mit meinem Gehirn alles in Ordnung wäre, sie würde mir sofort ganz anders zulächeln, wir würden uns küssen und wir würden heiraten und wir würden …

All das ging mir so lange durch den Kopf, bis wir

die Räder tatsächlich fahrtauglich gemacht hatten und den Zufahrtsweg einmal vor und zurück geradelt waren – eine Mordsschufterei, weil die Radfelgen derart verzogen waren, dass die Räder eierten und die Reifen seitlich herausquollen. Nach der ersten Schleife dachte ich weniger an die Liebe als an die möglicherweise tödliche Anstrengung bei dem Versuch, sechseinhalb Kilometer zu radeln. Harris brachte es auf den Punkt mit seiner Bemerkung, die er nun wiederholte.

»Zu langsam. Wir brauchen was, um die Dinger auf Tempo zu bringen. Wir brauchen eine Art Motor ...« Die Hände in den Taschen seiner Latzhose, inspizierte er den Hof, inspizierte ihn ein zweites Mal, und da fiel ihm die Waschmaschine ins Auge.

Harris' Blick blieb daran hängen, und ich sah, wie er anfing, auf seiner Unterlippe zu kauen. Eine Angewohnheit, die mir inzwischen als Hinweis darauf vertraut war, dass wir bald in Schwierigkeiten stecken würden, zumindest in größeren Schwierigkeiten als gewöhnlich. Doch ebenso vertraut war es mir inzwischen, solchen Schwierigkeiten mit einiger Spannung entgegenzusehen.

Die Waschmaschine stand neben dem Haus. Es gab in dieser Gegend noch keine Elektrizität, und manche Familien arbeiteten noch immer mit Waschbrettern. Knute und Clair aber hatten sich vor Jahren eine Waschmaschine mit Benzinmotor gekauft.

Sie sah wie eine normale Schleuder-Waschmaschine aus, nur dass darunter ein einzylindriger Benzinmotor mit einem kleinen Tank und einem seitlich abstehenden Fuß-Kickstarter war.

Ich hatte gesehen, wie Clair und Glennis mit der Waschmaschine wuschen. Sie machte zu Beginn *putt-n-putt-n-putt*, ein Geräusch, das bald zu einem gleichmäßigen Brummen anschwoll, und wurde von einem Regler gesteuert, der die Schleuder-Wasch-Kombination mithilfe eines mit dem Motor verbundenen Keilriemens antrieb.

Harris ging unauffällig zur Waschmaschine hinüber, betrachtete sie genauer und hielt sich dabei sorgsam vom Küchenfenster fern, wo Clair und Glennis gerade arbeiteten.

»Die müsste es schaffen«, sagte er zufrieden nickend.

»Was schaffen?«

»Das Fahrrad antreiben.«

»Die Waschmaschine?«

»Der Motor, du Trottel. Er sitzt nur an vier Bolzen. Wir machen ihn ab, befestigen ihn an einem Fahrrad, spannen einen Riemen, und schon flitzen wir los.«

Du flitzt los, dachte ich bei der Erinnerung an den

Schuss vom Pferderücken, aber ich sagte nichts. Ich dachte außerdem an einen der wichtigsten Punkte, den Harris möglicherweise übersehen hatte.

»Der Motor«, erklärte ich etwas überheblich, »hängt an der Waschmaschine deiner Mutter.«

»Weiß ich!«, sagte er und sah mich an, als wäre ich schwachsinnig. »Wir müssen eben warten, bis sie mal in die Stadt fahren.«

Da wurde mir die Komplexität von Harris' Plänen klar. Er führte sie nicht aus, wie es sich gerade ergab, so einfach ins Blaue hinein, er befasste sich oft tagelang damit und bereitete sie gründlich vor. Wie damals, als er versucht hatte, ein Huhn mit Pressluft aus einem alten Ofenrohr zu schießen. Dazu musste er erst stundenlang mit der Hand Luft in einen Schlauch im Innern des Ofenrohrs pumpen, bis es explodieren würde, dann musste das Rohr an Ort und Stelle platziert werden, ein Huhn eingefangen und in das Ofenrohr gesteckt werden (ich hatte Ernie dafür vorgeschlagen, aber der war nicht aufzufinden gewesen). Und auch wenn die Ergebnisse seiner Experimente die ganze Mühe nicht wert waren – bei der Explosion des Ofenrohrs hatten sich die Federn drei Zentimeter tief in Harris' Nasenlöcher gebohrt –, fand er doch immer etwas Positives daran. (»*So* schnell ist dieses Huhn noch nie geflogen! Ist mir bestimmt mit 200 Sachen ins Gesicht geschossen!«)

Und der Plan, den Harris diesmal in die Tat umsetzen wollte, war eines dieser langfristig vorbereiteten Unternehmen.

Er baute von einer alten Dreschmaschine das Antriebsrad für den Keilriemen aus – es war ungefähr einen halben Meter im Durchmesser –, entfernte mit einer Bügelsäge die vier Mittelspeichen und ließ an jeder zehn Zentimeter stehen.

Dann montierte er das Hinterrad von dem besseren der beiden alten Fahrräder ab und verbrachte Stunden damit, das Antriebsrad mit Draht und Isolierband an den Fahrradspeichen zu befestigen.

Ich langweilte mich inzwischen und suchte nach anderen Betätigungen. Wie so oft schlich ich in die Scheune, um mir Louies Diorama anzusehen, und stellte überrascht fest, dass er daran weitergearbeitet hatte.

Es gab eine neue Farm mit kleinen Bäumen und einem Haus, und ich erkannte voller Staunen, dass es unsere Farm war. Er hatte ein Modell der Larson-Farm gemacht: eine Miniaturausgabe des Hauses aus Papier und Pappe mit Bäumen drum herum und ein Modell des Stalls. Da war je eine kleine Figur für Clair und Glennis – sie standen beide beim Haus –, eine für Knute, der sich an einem kleinen Pferdegespann zu schaffen machte, und eine weitere für Louie selbst, der vorn neben dem Gespann stand.

Und es gab noch zwei Figuren, die in der Nähe des Schweinepferchs im Dreck spielten.

Harris und ich.

Es gab eine Figur für mich.

Ein merkwürdiges Gefühl überkam mich, als ich die Figur sah. Ich hatte nie so richtig dazugehört, war mir eigentlich immer als Gast vorgekommen. Und obwohl wir verwandt waren, hatte ich mich irgendwie nie als Mitglied der Familie gesehen; ich hielt mich zwar nicht gerade für einen Außenstehenden, aber doch eher für einen Zuschauer, einen Freund, der alles beobachtet.

Die kleine Figur veränderte meine Rolle, ich war nun für alle Zeiten in Holz geschnitzt. Ich war nicht nur ein Cousin zweiten Grades zu Besuch. Ich war jemand, ich war Teil dieser Farm, Teil dieser Familie. Ich gehörte dazu.

Ich nahm die Figur, die mich darstellte, in die Hand und betrachtete sie genauer. Sie trug einen Mantel aus Mäusefell und hatte einen lachenden Mund voll weißer Zähne. Sie hätte mir nicht weniger gleichen können, und doch gab sie mir mehr als alles andere ein Bewusstsein für meine Person, für mein eigenes Leben. Und ich weinte, während ich sie wieder neben die Figur von Harris stellte, weinte bei dem Gedanken, dass ich mich hier zu Hause fühlte.

»Was ist los?« Harris arbeitete immer noch an dem Fahrrad, als ich zurückkam. Er sah meine roten Augen.

»Staub. Ich war oben in der Scheune.«

»Hast du sie gefunden?«

»Was …? Nein, nein.« Harris litt außer an seinem wunden Pimmel noch immer unter dem Verlust der stibitzten Bilder und war überzeugt, dass Louie sie irgendwo in der Scheune versteckt haben musste. Er sah sich als rechtmäßigen Besitzer der Fotos und hoffte immer, sie finden und zurückstehlen zu können. »Ich hab sie nicht gesehen.«

»Bestimmt hat er sie wo druntergesteckt. Hast du unter irgendwelchen Sachen nachgeschaut?«

»Nein …«

»Na, egal. Sieh mal hier, ist das nicht ein Prachtstück?«

Er zeigte auf das Fahrrad mit dem Antrieb, den er mit Draht und Isolierband ans Hinterrad gefummelt hatte. Das Hinterrad war schon wieder eingesetzt, und er hob es an, um mir zu zeigen, dass es sich einwandfrei drehte.

Ich nickte zweifelnd. Mir schien es mehr wie ein rotierender Verband, und ich sah nicht, wie es funktionieren sollte, aber ich besaß weder Harris' Begeisterung noch seinen Optimismus, und ich konnte das große Ganze nicht so klar erkennen wie er.

Inzwischen hatte er auch eine Platte aus rohem Holz zurechtgeschnitten und sie oberhalb der Pedale über dem rostigen Kettenschutz angeschraubt.

»Für den Motor.«

Ich nickte wieder, aber in Wirklichkeit glaubte ich nicht, dass es je eine Chance geben würde, dieses Gefährt auszuprobieren. So oft fuhren Knute und die anderen nicht in die Stadt. Gewöhnlich blieb immer einer zu Hause.

Aber ich irrte mich wieder. Am nächsten Tag warf Knute den Truck an und brachte Clair und Glennis in die Stadt, und Louie machte sich mit dem Gespann auf den knapp zehn Kilometer weiten Weg zu einem Nachbarn, um die Pferde beschlagen zu lassen.

Harris sah dem Getreidewagen nach, wie er mit Louie auf dem hohen Sitz über den Zufahrtsweg rumpelte.

Hinter dem Rücken hielt er einen Schraubenschlüssel in der Hand, und sobald Louie außer Sicht war, rannte er zur Waschmaschine.

Ich schnappte ihn an den Hosenträgern und hielt ihn fest. »Nur, damit du's weißt – *ich* nehme diesmal nicht die Schuld auf mich.«

»Sie werden nicht mal merken, dass wir's gemacht haben.«

»Dass *du's* gemacht hast!«

»Ja, ja. Aber sie werden nichts merken. Wir montieren den Motor aufs Rad, drehen ein paar Runden und schrauben ihn wieder an die Waschmaschine.«

»Trotzdem. Egal, was draus wird, ich übernehme keine Verantwortung.«

Er nickte. »Gut. Aber du wirst sehen, da gibt's keine Probleme ...«

Von allen Untertreibungen, die Harris in diesem Sommer geliefert hatte, war diese vielleicht die größte.

Während der nachfolgenden Katastrophe hatte ich keinen Augenblick lang angenommen, dass die Kiste tatsächlich funktionieren könnte. Ich half Harris, die vier Schrauben zu lösen, mit denen der Motor an der Waschmaschine befestigt war, und ich half ihm auch, das Teil zum Fahrrad zu schleppen und auf den hölzernen Unterbau zu heben.

Er hatte einen alten Handbohrer und einen langen Keilriemen, den er aus der Scheune geholt hatte – es war ein Ersatzriemen für den Mähbinder. Er brauchte nur ein paar Minuten, bis er das Hinterrad abmontiert, den Riemen durchgezogen und das Rad wieder angebracht hatte, dann legte er den Riemen um das provisorisch befestigte Antriebsrad einerseits und das Antriebsrad am Motor andererseits.

Er schob den Motor in die richtige Position und markierte die Stellen für die Löcher, dann bohrte er vier Löcher durch die Holzplatte und schraubte den Motor bei gespanntem Riemen fest.

»So«, sagte er. »Es müsste eigentlich fliegen.«

Oder explodieren, dachte ich. »Und wie willst du es starten?« Der Kickstarter stand senkrecht zum Rahmen und ließ sich nicht bewegen.

»Ich schiebe, bis der Motor zündet, dann spring ich auf. Du rennst hinter mir her und steigst gleichzeitig mit mir auf.«

»Ich fahre nicht auf dem Ding!«

Er sah mich prüfend an. »Feigling.«

»Ich fahr trotzdem nicht mit.«

Er zog die Stirn in Falten. »Also schön. Wir brauchen eine Uhr, damit wir die Geschwindigkeit messen können. Hol den Wecker aus dem Schlafzimmer von meinen Eltern.«

Ich rannte los. Es war ein Messingwecker mit zwei Klingeln obendrauf und einem Klöppel, der beim Läuten hin und her schlug.

»Fahr jetzt mit dem anderen Rad zum Ende der Zufahrt, und wenn du hörst, dass der Motor anspringt und ich losfahre, schaust du auf die Uhr, und wenn ich am Ende der Zufahrt ankomme, schaust du wieder drauf, dann wissen wir genau, wie schnell ich gefahren bin.«

Ich war skeptisch. Mein Gefühl sagte mir, dass er das Vehikel nicht einmal aus dem Hof hinausbringen würde, geschweige denn bis ans Ende der Farmzufahrt. Doch bei Harris konnte man nie wissen – er überraschte mich laufend –, und so nahm ich das andere Fahrrad, radelte gehorsam bis zum Ende des Zufahrtsweges und wartete.

Und wartete.

Sobald ich hörte, dass Harris im Hof versuchte, den Motor in Gang zu bringen, sah ich immer wieder auf den Wecker.

Putt-n-putt-n-putt ...

Dann soff der Motor ab. Später verstand ich auch, warum: Harris hatte den Regler schon gelöst, sodass der Motor zu viel Sprit bekam. Und noch später gelangte ich zu der Überzeugung, dass vermutlich Gott seine Hand im Spiel hatte, um Harris vor sich selbst zu schützen. Doch selbst göttliches Eingreifen nützte nichts, weil Harris in Wahrheit so fest entschlossen war, dass ihn vermutlich nichts und niemand hätte schützen können. Und was Gottes Beistand anging, so meinte Harris später: »Er hätte mich ja wenigstens dran hindern können, diesen blöden Regler zu lösen ...«

Endlich sprang der Motor mit einem stotternden *Putt-n-putt-n-putt* an, und sobald ich sah, dass Harris losfuhr, schaute ich auf den Wecker. Ich hatte die Augen kaum länger als drei Sekunden gesenkt; als ich wieder aufblickte und staunend feststellte, dass Harris schon eine ganze Strecke zurückgelegt hatte.

Es kam nun Verschiedenes zusammen, was über Harris' Schicksal entschied. Der Benzinmotor, der von dem mechanischen Regler an der Waschmaschine sein Leben lang kurzgehalten worden war, reagierte mit ohrenbetäubender Dankbarkeit für die Chance auf Freiheit. Er änderte sein schüchternes *Putt-n-putt-n-putt* in ein selbstbewusstes *BAM-BAM-BAM*, das ich vom Ende der Zufahrt aus mühelos hören konnte.

Dass das Gefährt erstaunlicherweise irgendwie zusammenhielt, war ein weiterer unglücklicher Zufall. Schrauben, Riemen, das Fahrrad – alles blieb wie durch ein Wunder heil und ganz, und das Benzin, das ungehindert in den weit offenen Schlund des kleinen Briggs und Stratton Motors strömte, wurde in Antriebskraft auf das Hinterrad übersetzt.

In Antriebskraft und Tempo.

Von da an erschien alles wie in Lichtblitzen, flackernde Szenen einer Katastrophe, so ähnlich, als sähe man Kurzausschnitte eines Films, in dem die Küste von Florida von einer Sturmflut oder einem Hurrikan heimgesucht wird.

Um der Gerechtigkeit willen muss gesagt werden, Harris' Auftritt war kühn. Weil die Rücktrittbremse ziemlich von Anfang an blockiert hatte, drehte sich die Kette – und dadurch auch die Pedale – mit dem Hinterrad. Harris behielt die Füße auf den Pedalen oder versuchte es zumindest, doch als die Beschleunigung zunahm und die Pedale sich immer schneller drehten, viel schneller, als sie sich überhaupt je gedreht hatten, wurden seine Beine zu einem einzigen verschwommenen Fleck; irgendwann streckte er sie in die Luft, wobei die Pedale ständig gegen seine nackten Fußsohlen klatschten, und so erreichte das Fahrrad mit Harris Höchstgeschwindigkeit.

Es war unglaublich, dass nichts auseinanderfiel. Als er näher kam, die Knie in Höhe seiner Wangen, sah ich, dass er endlich wieder zu Verstand gekommen war: Seine Augen waren weit aufgerissen vor Angst. Die Zunge hing ihm seitlich aus dem Mund, die Spucke flog, und dann wurde der ganze Harris zu einem verschwommenen Etwas.

Zwanzig, dreißig, vierzig, sechzig – das Rad musste knapp achtzig Stundenkilometer draufgehabt haben, als Harris am Ende der Zufahrt an mir vorbeibretterte.

»Hilf miiiir!«, schrie er, und der Dopplereffekt veränderte die Tonhöhe seines Hilferufs, während Harris über die Zufahrt hinausschoss, an mir vorbei und schließlich wie ein Meteorit im Graben jenseits der Landstraße einschlug.

In diesem Augenblick, so sagte er später, sei ihm

endgültig klar geworden, dass er in einer problematischen Situation steckte. Vorschriftsmäßig auf die Straße einzubiegen war schlicht unmöglich, auch wenn er behauptete, er habe trotzdem vorgehabt, das Rad bei der Fahrt durchs Gestrüpp längs des Grabens abzubremsen.

Das Gestrüpp stoppte ihn, das war richtig. Es stoppte das Fahrrad so abrupt, dass es sich in einem Hagel aus Motor, Speichen, Rädern, Rahmen und verhedderten Riemen auflöste. Einen Moment lang ließ sich unmöglich unterscheiden, wo Harris aufhörte und das Fahrrad anfing; das Ganze schien ein einziges Wirrwarr aus Junge und Maschine.

Allmählich wurden die Umrisse von Harris erkennbar. Sein Körper, hoch über dem Buschwerk durch die Luft segelnd – dabei habe er meilenweit sehen können, erklärte er später –, stürzte in weitem Bogen herab, fiel auf die Erde und landete in einer Explosion aus Weidenruten, Blättern, Gestrüpp und Dreck.

Dann Stille. Nur das leise Zischen des Benzins, das aus dem Tank in den Motor strömte, und das Ticken des Messingweckers waren zu hören.

»Harris?«

Nichts.

»Harris – alles in Ordnung mit dir?«

Ein Spuckgeräusch, ausgestoßene Blätter und

Dreck. Dann ein Stöhnen. »Himmel, Arsch und Zwirn, nein, nix ist in Ordnung. Bin wie'n Pfeil im Dreck stecken geblieben und von oben bis unten zerkratzt.«

»Brauchst du Hilfe?« Ich konnte ihn vor lauter Gestrüpp und Weidenzweigen nicht sehen.

»Ja. Hilf mir mal, meine Hose suchen.«

»Deine Hose?«

»Ja, sie ist irgendwohin geflogen.«

Wir suchten länger als eine halbe Stunde und fanden sie nicht, und zweimal, als Autos auf der Straße vorbeifuhren, musste Harris sich verstecken. Wir suchten eine weitere halbe Stunde und fanden sie trotzdem nicht – wir fanden sie überhaupt nie wieder.

Endlich gaben wir auf. Das Fahrrad hatte Totalschaden, aber der Motor war aus Gusseisen und unbeschädigt. Wir hievten ihn auf den Sattel meines Fahrrades und hielten ihn fest, während wir ihn in den Hof bis zur Waschmaschine schoben, Harris nackt wie ein kleiner Vogel und von oben bis unten zerkratzt, wie er gesagt hatte.

Abends, als wir im Dunkeln in unseren Betten lagen und draußen vor dem Fenster Nachtvögel sangen, flüsterte Harris: »Wie schnell bin ich gefahren?«

Ich schüttelte den Kopf, bis ich begriff, dass er das im Dunkeln nicht sehen konnte. »Ich weiß nicht.«

»Aber der Wecker?«

»Hab vergessen draufzuschauen.«

»Vergessen?«

»Tut mir leid.«

»Ich mach mir die ganze Mühe und muss Pa auch noch erklären, dass ich irgendwo meine Hose verloren hab, und du hast vergessen, auf die Uhr zu schauen?«

»Ich sag doch, dass es mir leidtut.«

Ein langes Schweigen entstand. »Wie schnell *glaubst* du, dass ich gefahren bin?«

Ich überlegte eine ganze Zeit, bevor ich antwortete, und dachte an seine Augen, seine strampelnden Beine auf den Pedalen und an den tuckernden Motor, als er an mir vorbeigerast war, ich dachte an den Crash im Gestrüpp des Grabens und an den Anblick, als er durch die Luft geflogen war und seine Hosen verloren hatte.

»Mindestens hundertfünfzig.«

Wieder Stille, dann ein gedämpfter Seufzer. »So was hab ich mir auch gedacht ... die Zaunpfosten haben ausgesehen wie Maschendraht. Mann, das war was!«

»Ja, das war was ...«

12. KAPITEL

In dem sich alles ändert

Der Sommer endete viel zu schnell. Auf den Feldern längs der Farmzufahrt gab es eine große Fläche, auf der Mais stand. Es war kein Zuckermais, sondern Silage oder Futtermais, der als Winterfutter für die Milchkühe angebaut wurde und der zu wahrhaft gigantischer Größe heranwuchs.

Pflanzen von zwei Metern Höhe waren nicht ungewöhnlich, und so wurde das Feld aus unserer Perspektive – also zwischen etwas mehr als einem Meter und einem Meter fünfzig – zu einem einladenden grünen Dschungel. Wenn man sich auf den Boden legte, hatte man auf den unteren dreißig Zentimetern freien Blick zwischen den Reihen hindurch, erst dann fingen die Blätter an. Im Stehen jedoch war die Sicht nach jeder Richtung stark eingeschränkt, weshalb sich das Feld bestens eignete, um darin Verstecken zu spielen.

Oder Überfall aus dem Hinterhalt.

Oder, wie Harris es nannte, »Kolbenkrieg«.

Die Maiskolben waren noch nicht ganz reif, und

es würde noch bis zum Spätsommer oder bis in den frühen Herbst hinein dauern, bevor man sie zerkleinern und in einer Silagegrube einlagern würde. Doch waren sie schon dick genug, um ideale Geschosse von knapp einem Pfund abzugeben, und wenn sie zielgenau und schön locker aus dem Handgelenk heraus geworfen wurden und den Gegner am Kopf trafen, konnten sie ihn glatt umwerfen.

»Das Spiel geht so«, erklärte Harris. »Du versteckst dich im Mais, du bist der Kommie-Japs, ich lasse dir einen Vorsprung, und dann verfolge ich dich.«

»Wer bist du?«

»Ich bin GI Joe.«

»Warum muss ich der Kommie-Japs sein? Ich will lieber GI Joe sein.«

Harris musterte mich eingehend und seufzte. »Sieh mal, wer hat sich das Spiel ausgedacht, ich oder du?«

»Na ja, du ...«

»Und wer kennt die Regeln?«

»Ich wusste nicht, dass es überhaupt Regeln gibt ...«

»*Ich* kenne sie. Also muss ich derjenige sein, der als Letzter geht und aufpassen kann, dass alles vorschriftsmäßig abläuft. Und also musst *du* der Kommie-Japs sein, und ich muss GI Joe sein. Ist doch logisch.«

So logisch fand ich das eigentlich nicht, aber mir war klar, dass ich nun mal der Kommie-Japs zu sein hatte, wenn wir spielen wollten. Ich nickte also schließlich und ging ins Maisfeld hinein.

Es war, als würde ich eine andere Welt betreten. Das Sonnenlicht fiel gedämpft durch die Pflanzen und tauchte alles in einen grünen Schimmer, der mich unwillkürlich zwang, leise zu sein. Ich bückte mich und kroch vorsichtig voran.

Ich war noch keine drei Meter gekommen, da traf mich etwas so fest am Hinterkopf, dass ich schielte.

»Hab ich dich, du dreckiger Kommie-Japs!«

Ich fuhr herum, aber da war nichts. Nichts als raschelnder grüner Mais. Ich schob mich zwei Schritte weiter, setzte gerade zum dritten an und bekam wieder einen Kolben hinten an den Kopf.

»Verdammt noch mal, Harris – hör auf!«

»... Kommie-Japsen-Schwein ...«

Und schon war er wieder weg. Diesmal aber hatte ich ihn gehört, und weil ich befürchtete, ich könnte noch einmal getroffen werden, ließ ich mich fallen und befand mich dadurch im unteren, kahlen Teil des Maisdschungels.

Da war er, oder besser gesagt, da waren seine Beine. Zwei Reihen weiter und mehr in Richtung Straße. Ich grinste, riss einen Maiskolben von der nächsten Pflanze, robbte auf dem Bauch zwei Reihen weiter, stand auf wie aus dem Boden gewachsen und schoss den Kolben mit aller Wucht dorthin, wo Harris gestanden haben musste.

Und traf daneben.

»Nieder mit dir, du Kommie-Japsen-Schwein!«

Schon wieder bekam ich einen Kolben an den Hinterkopf. Er musste sich in dem Moment, als ich aufgestanden war, zu Boden geworfen und in meinen Rücken geschlichen haben, um einen Überfall von hinten zu starten. Diesmal traf mich sein Geschoss so hart, dass mir die Ohren dröhnten, da siegte meine Wut über jeden vernünftigen Gedanken, und ich ging auf ihn los.

Von da an zerbröckelte das Ganze in eine Fang-mich-wenn-du-kannst-Verfolgungsjagd. Ich trieb ihn durch den Mais, bis ich nicht mehr konnte, und am Ende ließen wir uns beide im Maisfeld nahe dem Zufahrtsweg zu Boden fallen und lachten und lachten.

»Du bist ein miserabler Kommie-Japs«, sagte Harris, auf dem Rücken liegend.

»Das kommt, weil ich eigentlich GI Joe sein müsste ...«

Der Lärm eines Automotors unterbrach mich, und als wir zwischen den Maisstämmen hindurchblinzelten, sahen wir gerade noch das Auto des Hilfssheriffs auf das Haus zufahren.

»Das ist der Typ, der mich hergebracht hat«, sagte ich. »Was kann der hier wollen?«

»Dich wahrscheinlich. Der will dich nach Hause bringen ...«

Ich wusste sofort, dass Harris recht hatte, dass der Sommer zu Ende war. Alles in mir rebellierte. Ich gehörte längst hierher, ich war gern hier, es war mein Zuhause geworden, ich sah in Harris einen Bruder und in Glennis eine Schwester, in Knute einen Pa und in Clair eine Mutter, und ich wollte nie, nie wieder weg.

»Du musst nicht fort!« Harris hatte in meinem Gesicht gelesen, was ich dachte. »Du kannst hier im Mais bleiben. Ich bring dir Essen und eine Decke, und sie finden dich in hundert Jahren nicht.« Sein Gesichtsausdruck war ängstlich, fast erschrocken, und er schien den Tränen nahe.

Es kam zu plötzlich. Ein Teil von mir stimmte zu, wollte es so machen, wie Harris sagte, verstecken, verstecken ... Aber ich wusste, dass es nicht klappen würde. Vom Haus her hörte ich jetzt Clairs Stimme, sie rief meinen und Harris' Namen, und da stand ich schwerfällig auf, trat aus dem Maisfeld heraus und ging zum Haus. Harris blieb, wo er war.

Glennis hatte schon meinen Pappkarton aus dem oberen Zimmer geholt und wartete neben dem Auto des Hilfssheriffs. Sie lächelte und gab ihn mir.

»Ist das nicht schön?«, sagte Clair. »Du kommst endlich wieder nach Hause ...«

Aber sie sah nicht so aus, als wäre sie froh darüber, genauso wenig wie Knute, der von der Scheune herüberkam. Er hatte die Hände in den Taschen seiner Latzhose zu Fäusten geballt und blickte zu Boden. Louie war nirgends zu sehen.

Knute sagte nichts, stellte sich nur schweigend neben Clair. Glennis weinte leise, und ich stieg in den Wagen, alles in wenigen Augenblicken, und der Hilfssheriff wendete und fuhr über den Zufahrtsweg davon, weg von der Farm. Vielmehr, er hatte es vor. Wir waren noch keine hundert Meter gekommen, da sah ich Harris in seiner dreckverschmierten Latzhose aus dem Mais auftauchen. Er winkte, um das Auto anzuhalten.

Er kam zur Beifahrerseite, und ich kurbelte das Fenster herunter.

»Du musst nicht für immer wegbleiben, weißt du«, sagte er. Er heulte, und da fing ich natürlich auch an zu heulen. »Du kannst mit diesen Typen reden und ihnen sagen, dass du wieder herkommen musst.«

»Ja.«

»Du sagst ihnen, sie müssen dich zurückbringen.«

»Ja.«

Der Hilfssheriff fuhr los, und wir ließen Harris

am Rand des Zufahrtsweges zurück. Ich schaute aus dem hinteren Fenster, er winkte mit einer Hand, und ich winkte zurück, aber bald war er außer Sicht und der Rest der Farm auch, und dann fuhren wir schon auf der Landstraße in Richtung Stadt.

Der Hilfssheriff spuckte aus dem Fenster. »Nette Leute, die Larsons. Na? Schönen Sommer gehabt?«

Und alles stand wieder vor mir: die Pferde und die Schweine und Ernie, die Fotos und Louie, das Baden im Fluss und die Filmvorführungen mit Gene Autry – alles auf einmal, und ich war so randvoll davon, dass ich aus dem Fenster schauen musste, um meine Augen zu verbergen.

»Ja. Es ist ein schöner Sommer gewesen.«

EPILOG

Drei Wochen nachdem ich wieder zu Hause war, bekam ich ein kleines Päckchen, und darin war Folgender Brief:

Lieber Dödel,
Du weißt ja, dass ich nicht so gut im Schreiben bin, deshalb schreibt Glennis für mich. Ich hab nur Angst, dass sie nicht genau das schreibt, was ich sage, ich trau ihr da nicht, der großen ...
Da! Jetzt hat sie mich geohrfeigt. Ich hab nichts Schlimmes gesagt, und sie hat mich gehauen, Du siehst also, es hat sich nicht viel geändert.
Neulich dachte ich schon, ich hätte Ernie umgebracht. Ich bin mit einer Schubkarre voll Sand über ihn drübergefahren, als er gerade nicht herschaute, aber es hat nicht geklappt. Ihn umzubringen, meine ich. Dieser Sohn von ...
Da! Sie hat mich schon wieder geohrfeigt. Ernie blieb einen Augenblick liegen, dann hat er sich aufgerappelt und ist unter dem Loch neben der Scheune verschwunden, bevor ich die Schubkarre wenden und zu einer zweiten Attacke ansetzen konnte. Normalerweise hätte ich schneller wenden können, aber ich hab vorher den Sand

nass gemacht, damit er schön schwer war, und wegen dem zusätzlichen Gewicht ging es ein bisschen langsamer.
Sonst ist alles in Ordnung. Pa hat sich einen Finger gebrochen, aber es scheint ihn nicht besonders zu stören. Ma kocht. Glennis macht Clyde Peterson schöne Augen ... Da! Schon wieder hat sie mir eine geknallt. Dabei stimmt es! Er hängt seit Neuestem ständig vor unserem Hoftor herum und schnuppert am Pfosten ... Wenn sie bloß damit aufhören würde! Ich werd dauernd geschlagen, obwohl ich gar nichts Schlimmes sage.
Fetzer ist in Ordnung, wenn er auch manchmal gemein ist und mir letzte Woche eine verpasst hat.
Ich hab ein Stück vom Haus entfernt Gräber von Siedlern gefunden. Erst wollte ich sie aufgraben und nach Schätzen suchen, aber damit warte ich lieber, bis du wiederkommst.
Das ist im Moment alles. Ach ja, gestern kam Louie zu mir und sagte, ich soll Dir das Päckchen schicken. Er hat gesagt, Du weißt schon, was es ist.
Mach's gut, alter Dödel, ich hoffe, Du kannst bald nach Hause kommen.

Harris

Ich schlug das Papier in der Schachtel auseinander und fand die kleine Figur aus Louies Diorama, die mich darstellen sollte. Ich sah sie lange an und rollte die kleine, mit Mäusefell bekleidete Figur zwischen den Fingern, dann stellte ich sie auf das Fensterbrett, wo ich sie beim Einschlafen immer im Blick haben würde. In dieser Nacht träumte ich von Pferden und Farmen und Mais und Mädchen mit blondem Haar und Tarzan und Gene, und ich träumte von einem Fahrrad, das hundertfünfzig Stundenkilometer draufhatte, und auf dem Sattel saß ein sommersprossiger Junge in Latzhosen ...

Gary Paulsen, geboren 1939 in Minneapolis, Minnesota, ist einer der berühmtesten und beliebtesten Kinder- und Jugendbuchautoren der USA. Über 200 Bücher hat er geschrieben und unzählige Preise erhalten. Unter anderem stand er dreimal auf der Liste der Newbery Honors.

Mit seiner Frau, der Malerin Ruth Wright Paulsen, lebt er auf einer Ranch in New Mexico.